香巳향
3

# 香香
## 3

관음출판사

香
水
향수의 비가
땅에 떨어지니
향지계(香地界)를 이루어
산천초목이 향림계(香林界)를 이룬다.

# 香담은 글

## 9장_ 생명의 향기

# 10장_ 차(茶)의 향기

# 11장_ 꽃잎의 향기

# 9장

# 생명의 향기

# 1. 정화수 한 그릇

그 전래의 근원은 알 수 없으나
우리에게는
소박한 인간의 염원을 담은
정화수 한 그릇에 순박한 정성을 올리는
순수한 모습이 내려오고 있다.

옛날부터 어느 집 할 것 없이
할머니나 어머님들은
좋은 일이나 나쁜 일이나
소박한 마음에 정화수 한 그릇을 올리고
가정의 평안과 안정,
가족의 건강과 소원성취의 염원을 비는
그러한 풍습이 있다.

좋은 일이나, 나쁜 일이나
또는, 좋은 날이면
깨끗한 마음에 우물에 새 물을 길어다

밝게 떠오르는 달을 보고
정화수 한 그릇 올리며

온 가족이 건강하고
하는 일이 무탈하기를 기도하며

북두칠성에
정화수 한 그릇 올리고
가족들의 수명장수를 간절히 기도하며

오나가나
자식들과 가족들이 건강하고 무탈하기를
정성을 다해 빌었다.

삶이 보잘것없어도
정화수 한 그릇에 소박한 정성을 다하여
온 가족의 건강과 무탈하기를 비는
순박한 삶의 모습이 우리들의 일상 속에는
몸에 밴 삶의 모습들이었다.

삶이 고달프고
근심과 걱정의 시름이 있어도
가족을 생각하는 그 하나 정성을 담아
깨끗한 정화수 한 그릇을 올리며
하늘을 보고 그 근심을 빌었고
북두칠성을 보며 그 걱정을 빌었고
둥근 달을 보며 무탈하기를 염원하며
그 소원을 빌었다.

자식들은
철이 없어 아무렇게나 자란 듯
어머니의 그 정성을 다 잊고 살아도

어머니는
늙어 얼굴은 주름지고
몸의 움직임이 어둔해 불편해도
철없는 그 자식 걱정이 되어

자식을 생각하여
깨끗한 정화수 한 그릇에
어미의 온 정성을 담아
그 못난 자식이 잘되기를 염원하며

자식 걱정
소박한 어미 근심 변함이 없어
정화수 한 그릇
예나 지금에나 지극한 그 정성이
변함이 없다.

# 2. 애잔한 그리움

홀연 듯
흘러버린 세월 속에
이제 늙음이 깊어
나뭇가지에서 떨어지는 낙엽을 보며
그것이 삶의 모습이며 인생임을 느끼며
내 또한 가야 할 길이기에
예사로이 보이지 않는다.

부모님은 돌아 가신지 오래인지라
이 세상에 계시지 않고
내 나이 이제 부모님 살았을 때 나이가 되어
기억 속에 부모님의 모습을 생각하며
애잔한 그리움이 쌓인다.

나의 이 마음과 같이
부모님께서도 이와 같은
그리움의 애잔한 시간이 있었을 것이다.

늙음이 짙어
이 세상 생명 삶이 얼마 남지 않았어도

부모를 그리워하는 이 애잔함은
삶이 깊어 늙음에 오는 순수한 감성과
그리움의 마음이다.

삶을 겪으며
경험이 없고 철없어 몰랐던 부모의 마음
단지, 부모이기에 안아야 하는 삶의 아픔을
이제 그 삶을 경험으로 이해하여도

이제
내 모습 늙음이 깊어
부모님이 이 세상에 계시지 않은 지
오래인 지금에야

마주할 수 없는
기억 속 부모님에 대한 깊은 이해와
따뜻했던 감사와
더없이 보고픈 애잔한 그리움이
보고픈 마음에 휩싸인다.

철없어
그 아픈 마음을 헤아리지 못했고

생각이 부족해
따뜻한
감사의 말 한마디 할 줄도 몰랐고

거친 손
따뜻하게 잡으며 수고하셨다는
기뻐하실 그 말 한마디도
철이 없어 말하지를 못했다.

아련한 기억 속에 모습만 있을 뿐
이 세상에 계시지 않는
오래된 지금에야 돌아보면

그 마음
헤아리지 못했음이
가슴에 아픔의 잔상이 되어
보고픔이 밀려와 애절한 그리움이 되고

철이 없어
헤아리지 못한 그 아픔이
삶이 얼마 남지 않은 지금에도
회한이 되어
애잔한 그리움 속에 잠긴다.

# 3. 효(孝)

효(孝)는
예(禮)의 기본이며, 뿌리이며, 근본으로
부모를 공경(恭敬)함이다.

공경(恭敬)은
그 뜻을 받들며 위함이다.

시대의 변화 속에
예(禮)의 아름다운 정신을 중시하는 것보다
개인의 행복을 중시하는
개인 위주의 사회 삶의 변화는
예(禮)가 무시되므로
더불어 효(孝)의 필요성도 무시되는 사회로
변하고 있다.

예(禮)의 뿌리인
효(孝)의 필요성을 느끼는 것은
진정한 삶의 아름다움은
소중한 정(情)임을 자각하고 느끼는
삶이 깊은 연륜이 되어야만 깨닫게 된다.

인간 삶의 목적이 행복한 삶이어도
인간 삶의 순수 행복을 외면한 사회적 변화는
개인의 이익과 물질을 우선하는 사회정신이 되어
예(禮)와 효(孝)의 중요성을 느끼지 못한다.

인간의 순수 아름다움인
예(禮)의 정신을 상실한 사회 삶의 모습은
인간의 따뜻한 정이 사라져 삭막해져 가고
바람직한 인간성 회복은 무시되며
물질적 이익 창출에만 우선한 사회의 풍토는
인간의 순수 예(禮)의 아름다운 정신을
더욱 퇴색하게 하고 있다.

인간성 상실은
사회가 갈등사회로 되어 가고
가정이 예(禮)와 효(孝)를 잃어가며
삶의 행복인 따뜻한 정(情)이 그리워지는
삭막한 삶의 환경으로 변화하고 있다.

삶이 정(情)으로 행복하고
인간의 삶 속에 소중한 순수의 정신인
예(禮)와 효(孝)의 정신이 피어날 때
인간의 따뜻한 정(情)으로 서로 위하며
삶과 사회가 아름다운 삶의 세상이 될 것이다.

예(禮)는 사람의 관계를 아름답게 하며

효(孝)는 부모의 은혜에 감사하며 공경하는
아름다운 순수 인간성을 갖게 한다.

예(禮)를 무시하고
효(孝)를 생각하지 않는 삶의 사회는
인간의 따뜻한 정(情)이 사라져
사람이 사람을 존중하는 정신이 사라진 삶이라
삶의 진정한 행복이 무엇인가를 잃고 사는
사회가 된다.

삶의 진정한 행복은
사람이 사람을 존중하고 위하는
아름다운 정신이 살아있는 사회이니
사람이 사람을 생각하며 존중하는
소중한 따뜻한 정(情)이 살아있는 삶이
진정한 행복의 삶이다.

마음이
따뜻한 정(情)의 아름다운 정신을 잃으면
인간의 순수 행복은 사라지고
인간의 순수한 아름다움도
상실한다.

# 4. 사랑의 삶

삶은
사랑에 뿌리내린 삶이다.

사랑에
삶의 의미를 부여하고
살아야 할 이유와 꿈과 목적을 찾게 된다.

**살아야 할 이유도 사랑이며**
**살아야 할 꿈도 사랑이며**
**살아야 할 목적도 사랑에 있다.**

살아야 할 이유와 꿈과 목적이
사랑에 있음은
사랑은 생명의 삶을 뿌리내리게 하는
깊은 평안과 기쁨이므로
삶의 이유와 꿈과 목적을 갖게 하는
동기를 부여하기 때문이다.

만약
사랑이 없으면
삶의 이유와 의미를 잃을 수 있고

삶이 의지할 뿌리를 내리지 못해
의미 없는 삶의 방황과 혼돈을 겪을 수도 있다.

그만큼
삶의 깊은 평안과 기쁨을 주는
의지할 곳
사랑은 소중하고 중요하며
거기에 생명의 삶이 뿌리를 내려
사랑의 평안과 기쁨을 위해 헌신하고 노력하며
생의 의미와 가치를 부여한 삶을 살게 된다.

사랑은
생명의 평안과 기쁨이기에
삶의 모든 의미와 가치를 부여하게 하고
삶을 뿌리내리는 행복의 근원이다.

사랑에
삶의 의미와 가치를 부여하는 것은
인위적인 마음을 벗어나
사랑은 분별없는 순수의 마음을 갖게 하며
때 묻음 없는 순수의 정(情)을
유발하기 때문이다.

사랑은
분별의 헤아림이 없고
인위적인 생각이 정제된 순수의 마음임은

사랑에는 한 생명임을 자각하는
순수 본능적 한 생명 작용의 마음을
갖게 하기 때문이다.

이것은
사랑에는 자타(自他)가 없는
한 생명 작용의 마음이기 때문이다.

자타(自他)는 나눔의 분별이며
사랑에는 자타(自他) 없는 한 생명성을
느끼게 된다.

이것은
분별없는 한 생명 성품인
깊은 순수성에서 유발하는 생명 감성의
작용이기 때문이다.

분리의 분별에는 자타(自他)가 있으나
분별없는 순수 생명 감성에는
분리된 자타(自他)의 경계가 사라지며
한 생명성을 인식하게 된다.

이것은
수수 감성 사랑이 동기부여가 되어
순수 감성이 본래 한 생명 성품을 유발하는
순수성을 끌어내기 때문이다.

그러므로, 사랑은
본래 한 생명성을 유발하게 하고
일체 차별과 분별의 헤아림을 벗어나
하나로 동화되게 하므로
둘 없는 한 생명성의 마음을 갖게 한다.

사랑은
인위적인 감정이 아니라
순수 생명으로 발현한 생명 감성이므로
순수 사랑의 대상 그것이 누구이며, 무엇이든
분별없는 한 생명 속에 수용하며
한 생명의 삶을 살게 된다.

사랑이 소중한 것은
서로 동화된 한 생명작용이
순수 삶의 작용이 되어
삶을 사는 모든 의미와 가치의 아름다움이
사랑 속에 함축되어 녹아 있기 때문이다.

사랑 삶의 모습이
더없이 아름다운 것은
순수 사랑 속에 생명의 가치와
존재의 의미와 삶의 진실이 하나로 무르녹아
생명의 삶을 살아있게 하고
존재의 무한 가치와 의미를 창출하기 때문이다.

사랑은
삶을 뿌리내리게 하고
생명의 소중한 가치를 일깨우며
존재의 의미를 무한 상승하게 하는
순수 생명 정신의 꽃이다.

사랑은
순수 생명이 피어난 꽃이니
사랑 꽃을 피우고자 생명을 다하며

생명을
다하는 열정 속에
또한, 사랑의 진실을 깨닫게 된다.

삶은 사랑이며
사랑의 길이 생명의 길이니
삶 속에 사랑을 배우고 익히며 깨닫고
사랑에 대해 눈을 뜨며
성숙한 지혜와 온전한 사랑을 향한
생명 승화의 과정이
삶의 사랑 길임을 자각하게 된다.

사랑은
생명의 기쁨이며
생명의 기쁨은 사랑 때문이며
사랑의 기쁨을 위함이
생명의 삶이다.

# 5. 가시고기

가시고기의
헌신적인 삶은 널리 알려져 있으며
수컷 가시고기의 처절한 헌신적 삶은
사람의 순수감성을 자극하는
따뜻하고 깊은 뭉클한 감동적 삶의
교훈이다.

가시고기가 산란기가 되면
수컷 가시고기는
암컷 가시고기가 산란을 잘할 수 있도록
최선의 힘을 다해 열심히
암컷 가시고기가 산란할 안전한 집을 지으며
암컷이 산란의 집에 들어가 알을 놓고 나가면
바로 수컷 가시고기가 들어가
알에다 수정(授精) 작업을 한다.

암컷 가시고기는
많은 알을 낳으며 기력이 쇠진하여 힘이 다 빠져
산란 집 주위에서 죽는다.

수컷 가시고기는
알들을 잘 부화할 수 있도록
지느러미의 날갯짓으로 부채질하며
알에 새로운 물을 공급하여
끊임없이 신선한 산소를 갈아주며
알을 노리는 공격자들로부터 알을 지키려
사투를 다 해 방어하면서
일주일을 넘게 먹지도 자지도 않고
끊임없이 지느러미의 날갯짓 부채질을 하며
생명의 기력을 다해
헌신적인 노력을 하게 된다.

일주일이 넘어
알에서 새끼가 나오려 하면
알의 막을 터트려
새끼들이 알에서 나오도록 한다.

새끼들이 다 나오면
일주일 넘게 먹지도 않고 자지도 않아
쉼 없는 부채질에 기력이 다하고

몸은
먹은 것이 없어 여위어졌으며

몸의 살갗은
침입자로부터 알들을 보호하려

사투를 벌이다 살갗이 허물어지고
비늘은 떨어져
온몸이 상처투성이다.

새끼들이
알에서 다 나오면
생명의 기력을 다 소진하여 남아있지 않아
수컷 가시고기는
죽는다.

처절하리 마치
헌신적인 삶을 산 수컷 가시고기는
자신이 죽은 상처투성이의 몸까지 새끼들에게
먹이로 내어주며 희생하게 된다.

# 6. 왜 그렇게 살았니?

심혼(心魂)아!
너는 왜 그렇게 살았니?

그렇게
아프면 소리라도 고래고래 지르며
그 아픔을 토해내지!

감추고
또, 감추고 숨기며 가슴이 메고 아프도록
혼자 울먹이며
그렇게 잠 못 이루느냐!

바람처럼
머묾 없고 걸림 없이 그렇게 살지!

구름처럼
텅 빈 세상에 두둥실 흐르며
이 산, 저 산 구경하며 허허롭게 그렇게 살지!

물처럼
한곳에 머묾 없이 흐르며
이 강, 저 강으로 흘러 구경도 하고
넓은 바다 세상도 구경하며
바람에 춤을 추는 파도가 되어 넘실거리고
무한 고요의 해인삼매(海印三昧)에 들어
하늘의 무수 별들의 조화(造化)와 짝하며
자유롭게 그렇게 살지!

머묾은 아픔이며
어두운 영가들의 날카로운 시기의 욕심은
부처의 목숨도 빼앗으려 하거늘
심혼이 그렇게 상처받아 아픔에 울먹이며
고통과 시련의 땅, 그곳에 머물러 서성이느냐?

죄지음을 쌓으며 살아가는
어둡고 탁한 영가들은
시기와 질투, 욕심과 거짓으로 가득 차 있으니
하늘의 허공은 탁한 재앙의 기운이 감돌고
땅의 기운은 선한 복력이 고갈되어 잃어가며
생명인 물의 공덕도 잃어 재앙의 물이 되어가니
생명세계가 탁해지고 있느니라.

그냥,
우주에 흐르는 바람을 따라 허허롭게
그렇게 흘러라.

공덕이 부족한 땅
그곳에 머묾은 아픔이니
바람처럼 머묾 없이
구름처럼 정처 없이 이 산, 저 산 구경하며
물처럼 머묾 없이 흐르며
그렇게 살아라.

그렇게
아픔에 잠 못 이루며 울먹이지 말고
바람처럼, 구름처럼 흐르며
그렇게 살아라.

# 7. 귀향(歸鄕)

돌아갈 곳 있음이
가슴에는
언제나 그곳을 향함이 있어 행복이다.

돌아갈 곳 있음이
그 이유가 무엇이든 가슴에 평온과
설렘을 갖게 하며
그곳을 향한 때 묻음 없는 은은한 마음은
항상 살가운 그리움이 피어나게 한다.

어릴 적 철없이 놀던 추억
기억 속에 남아 있는 부모님의 젊은 모습
아련한 기억들이
이제 옛 추억이 되어
돌아갈 수 없는 기억 속 그리움으로 남는다.

지금은
이 세상에 계시지 않으신
그리운 부모님

옛 흔적
없이 변해버린 고향의 모습

돌아가고 싶어도 돌아갈 수 없는
어린 시절의 회상이
아련한 마음속 추억의 고향이 되어
아련히 마음속에 어린다.

그 시절로
다시, 되돌아가고픈 그리움과
때 묻음 없는 기억 속 순수의 그 세상이

이제
마음속 흔적의 고향이 되어
세월이 흘러도 영원히 변함이 없는
마음속 회상의 환영인 그림으로
그리움 속에 남아 있다.

가고자 하여도
옛 고향이 사라져 없고

그리움에
보고파 가고자 하여도
지금은 이 세상에 계시지 않으신 부모님!

철없이

뛰놀던 친구가 그리워도
지금은 모두 흩어져 어디 있는지도 모르고
오랜 세월이 흘러
지금도 살아 있는지?

아니면,
이 세상에는 없는지 알 수 없는 어린 친구들,

그러나, 그 친구들
나의 기억 속에는 어릴 적 그 모습 그대로이니
그리움 된 추억 속 그림은
철없는 어릴 적 그대로 변함이 없다.

세월 흐름의
흔적들이 기억으로 쌓이고
이제 늙음에
아련한 옛 추억 회상의 그림들이 흐르니
깊은 늙음의 모습을 감출 수가 없다.

세월이 흐르는
바람결에
살갗 아픔의 상처를 입어
순수를 잃어버린 마음이어도

마음속 옛 고향을 향한
귀향(歸鄕)에는
때 묻음 없어 철없는 순수한 모습
어린 시절 그대로다.

# 8. 성인(聖人)

성인(聖人)을
누구나, 싫어하거나 미워하는 사람이 없다.

왜냐면,
보편적 사람의 생각은
성인(聖人)이기 때문이 아니라,
나를 미워하지 않고
나를 싫어하지 않으며
나에게 도움되는 말과 행동과 삶을 사신
분이기 때문이다.

아무리,
성인(聖人)이라도
나를 미워하고, 싫어하며
나에게 도움이 되지 않는 말과 행동과
삶을 살았다면,
성인(聖人)이라도 미워하고 싫어할 것이다.

성인(聖人)을
좋아하거나, 싫어하거나
이 두 가지의 마음 모두가 자신만을 위한
욕심이다.

만약,
성인(聖人)이, 지금 같이 있다면
자기 입맛에 맞는, 항상 좋은 말만 할 수가
없을 것이다.

무엇이든,
자기 입맛에 맞지 않으면
아무리, 옳은 말이라도 귀찮게 생각할 것이다.

성인(聖人)의 생각은 자신과 다를 것이니
지금, 성인(聖人)과 같이 있지 않은 것만으로
자신의 행복임을 자각해야 한다.

그러므로,
누구나 성인(聖人)을 좋아해도
성인(聖人)을 수용하지는 못하는 것이다.

이것은,
성인(聖人)의 문제가 아니라
자기를 다스려야 할 부족함 때문이리라.

성인(聖人)의
일부분의 역할을 하는 사람이 부모이다.

세상에
부모의 잔소리와 꾸중을 듣지 않고 자라는

자녀는 없다.

많은 세월을 살은 삶의 눈에는
자녀의 마음 씀과 행동의 부족함이
눈에 들어오게 마련이다.

아무리 옳은 말이라도
듣기 귀찮으면, 모두 듣기 싫은 잔소리로
생각하게 된다.

그러나
자녀의 부족함을 바라보는 부모의 시선은
편안하지를 않다.

부모의 마음 씀은 당연해도
자녀가 수용하지 못하는 모난 마음을
아프게 생각할 뿐이다.

부모와 성인(聖人)의 차이점은
부모는 자녀가 잘되기 바라는 꿈과 애착이 있어
그 애착의 감정으로 대하고

성인(聖人)은
애착 없는 바람직한 이성(理性)적 지혜로
이끄는 차이가 있다.

부모의 옳은 말이라도 듣기 싫어하는 자녀가
성장하여 부모가 되면
부모가 그랬듯이 자기 자녀에게 똑같이
눈에 자녀의 부족함이 드러나
자녀가 듣기 싫어해도 옳은 말을 하게 된다.

왜냐면,
부모의 마음은 어느 부모 할 것 없이
똑같기 때문이다.

남의 부모에게는 예의를 차려 공손해도
정작, 잘해드려야 하는
자기 부모에게는 함부로 대하는 경우가 있다.

아직,
의식 성장이 부족한 탓도 있겠으나
고마움과 감사의 은혜를 인식하지 못하는
마음 씀의 부족함 때문이다.

부모의 소중함은 살아계실 때보다
부모가 이 세상에 계시지 않을 때
부모의 소중함을 더욱 절실히 느끼게 된다.

그것은,
나이가 많아, 삶이 무엇인가를 깨달으며
자신이 부모에게 부족했음을

뒤늦게야 자각하고 깨닫기 때문이다.

성인(聖人)은
저 멀리 먼 곳에 있는 것이 아니다.

항상,
나를 배려하고, 위하며, 생각하고
자신을 희생하며, 봉사의 삶을 사는 그 부모가,
성인(聖人)도 하지 못하는
또 다른 부분을 감당하고, 담당하며

묵묵히,
무거운 부모의 짐을 짊어지고
아무리 무거워도, 무겁다는 생각도 내려놓고
지친 허리와 아픈 다리를 몇 번 토닥이며
희생과 봉사의 삶을 사는 분이다.

어린 자녀에게는
성인(聖人)보다, 부모가 더 절실히 필요하다.

성장을 하여 자기 다스림이 필요할 때에는
그때에는 부모보다
성인(聖人)의 가르침이 삶의 등불이 되어
지혜가 필요한 세상의 삶에
성인(聖人)의 가치가 그때 돋보이리라.

# 9. 살아 있겠지

지금도 그 사람
살아 있겠지!
이 마음 가지고 있어
그래도 마음에는 외로움이 덜하고
늙음이 덜 서글프다.

세월이 흘러 늙었어도
삶 속에는 어릴 적 친구로부터
기억되고 가슴에 남아있는 사람들이 있다.

서로 삶이 달라
어디에 있는지는 몰라도
간혹 한 번씩 잘 있는지 궁금하고
보고 싶은 사람들이 있다.

그냥 그것은 스치는 생각일 뿐
알아야 할 이유도 없고
굳이 찾아야 할 까닭도 없으나

늙음이 세월 따라 깊어지면

혹시나 이 세상에 그 사람도 살아 있는지
괜스레 그것이 궁금해지고
살아있겠지 하는 그 생각만으로도
마음 한구석에는 위로가 된다.

왜냐면
덩그러니 나만 홀로 이 세상에 남아있는
그 외로움을 씻어내고 싶어서이다.

어릴 적 친구나
아는 사람이 한 사람씩 이 세상을 떠나면
뭔가 쓸쓸한 휑한 마음이 들 때가 있다.

언젠가는 나도 가야 할 길이지만
아는 이 떠난 그 소식 들으면
이제 홀로 세상에 남아 있는 기분이 들어
그 막연한 쓸쓸함이
측은스레 느껴지기도 한다.

어릴 적 친한 그 친구,
또, 간혹 잘 있겠지! 생각나는 그 사람,
지금 살았는지 알 수 없으나
살아 있으리라 생각하는 그 생각에
마음이 쓸쓸하지 않아
나 스스로 위로받을 때도 있다.

젊었을 때는
삶이 바쁘다 보니 주위를 살펴볼 겨를도 없고,
늙음이 오니
지나간 어릴 적 기억과 삶의 시간들이
회상 속에 그리움으로 남아
살아온 삶의 조각들을
되돌아보게 된다.

지금도
그 어릴 적 친구도, 그 사람도
살아 있겠지!

# 10. 세월의 눈빛

삶이 깊어지면
세월은 어느덧 흘러 젊음의 모습은 사라지고
늙음이 자연스럽다.

늙음이 주는
세상을 바라보는 느낌도 다르고
인생을 생각하는 느낌도 다르고
세월이 흐르는 체감적 느낌도 다르다.

늙음이 주는
비운 듯 넉넉한 마음이
사람의 마음을 꾸밈없이 진솔하게 한다.

바람이 있어
욕망을 위해 꿈을 가지고 살아본 삶이
세월을 따라 늙음에 이르니
모든 것이 초연한 마음으로 바라보게 된다.

이것은
늙음이 주는 초연함으로

비운 듯, 넉넉한 마음이듯 알 수 없는
세월을 살아온 삶의 짐들을 내려놓은 마음이다.

늙음은
자연스레 살아온 삶을 되돌아보며
삶을 바라보는 시선이 다르고
삶의 진정한 의미가 무엇인지를 느끼게 된다.

간혹, 한 번씩
삶 속에 까마득히 잊고 산 기억 속에 사람이
우연히 갑자기 회상되거나 생각나면
그 사람이 아픔이 깊거나 죽음에 다다랐나 하는
느낌이 들기도 한다.

**병의 아픔이 깊거나**
**죽음에 가까우면 삶을 스치는 회상의 영감들이**
**시공을 초월해 방출될 때가 있기 때문이다.**

또,
아는 인연의 한 사람이
이 세상에서 사라지구나 하는 느낌을
받을 때도 있다.

그것이 삶이며
그런 것이 삶이거늘
늙음이 주는, 비운 듯 초연한 듯 넉넉한 듯

여유 아닌 비움의 마음이 되어간다.

손에 쥔 것도 없으며
가진 것 없어, 놓을 것도 없는
초연한 듯 세월 속에 깊어진 늙음의 마음이
초점 없는 허공을 넌지시 바라보는 눈빛 속에는
말 없는 삶의 의미, 거짓 없는 진실이
녹아 있다.

# 11. 남은 자의 슬픔

죽음은
태어난 생명은 피할 수 없는
생(生)의 마지막 과정이다.

죽음은
죽음을 맞이하는 사람에게나
죽음을 지켜보는 남아 있을 사람에게나
더없는 슬픔이다.

죽음을 맞이하는 사람에게는
사랑하는 사람과의 영원한 이별과
삶의 꿈과 희망이었던 모든 것을 내려놓고
세상을 떠나야 하는
그 아픔과 슬픔을 어찌 말과 글로
다 담을 수 있으랴!

단지,
행복을 위해 하루하루 노력한 삶의 끝이
이토록 허무한 것임을 받아들여야 하는
어찌할 수 없는 상황,

이 생(生)의 마지막 죽음의 처절한 큰 공부를
할 뿐이다.

또한,
이생에 남는 자에게는
어찌할 수 없는 상황의 뼈저린 슬픔과
가슴의 아픔을 움켜질 뿐
무엇을 어떻게 할 수가 없다.

죽음은
죽는 자에게나, 산 자에게나
어떻게 할 수 있는 영역의 밖이니
더없는 슬픔과 아픔이 있어도 받아들여야 하는
자연의 섭리이며, 숙명일 뿐이다.

이미
죽은 자는 어쩔 수 없으나
살아있는 자의 슬픔은
살아가는 나날 속에 소중한 사람을 잃은
그 슬픔과 아픔의 감정이 솟구쳐도

나날의 삶 속에
슬픔의 감정을 억누르고 살다 보면
세월 따라 아픔의 상처도 아물고
기억의 회상 속에 보고픔이 그리움 되어

자신이 죽음에 이르기까지
가슴에 묻어놓고 보고파 그리워하다
사랑한 사람을 보낸 그 길을 따라
자신도 죽음을 맞이하게 된다.

죽음은
죽는 자에게도 그 슬픔과 아픔을
이루 다 말을 할 수 없겠으나
살아 있는 자의 슬픔은
가슴에 묻어 놓고 죽음의 그 순간까지
그리워하다
생(生)의 마지막 한 호흡에까지
그리움을 가슴에 안고
숨을 거두게 된다.

# 12. 꿈(夢)

삶이
무엇인지,
삶이 익어 무엇인가를 느끼게 되면
이미 늙음에 젖어 있음을 인식하게 된다.

젊은 혈기에는
자기의 꿈을 위해 할 일도 쫓기듯 많고
젊기에 세월의 풍파에 겪은 삶의 경험도 부족해
삶을 피부로 느끼는
가슴에 남는 삶의 잔상이 많지를 않다.

삶이
환(幻)이며, 꿈(夢)임을 앎이
인생이 무엇인가를 깊숙이 느끼며
산 삶의 세월이 쌓여 가슴에 남아 있음이다.

삶의 시간 속에
여러 어우른 아픔을 피부로 느끼며
가슴에 남은 흔적을 통해
삶이 무엇인가를 느끼고 깨닫게 된다.

세월 속에
가슴에 남아있는 삶의 잔상들이
늙음 속에 회상되며
춘하추동 비를 피하고 바람을 맞으며
살아온 삶들이 환(幻)과 같은 꿈이 되어
삶이란 이런 것임을 일깨우게 된다.

삶의 참모습을
깨닫게 하고, 일깨우며, 느끼게 되는 것은
삶의 세월 잔상이 가슴에 남아
그 아픔이 삶을 되돌아보게 하고 느끼게 하며
살아온 삶을 초연한 눈으로 바라보게 될 때
비로소 삶의 참모습을 깨닫게 된다.

마음을 놓은 것도 아니며
마음을 포기한 것도 아니며
그냥 초연한 마음이 되게 하는 것은

삶의 참모습이 무엇인가를
몸소 피부로 겪은 그 잔상들이
가슴과 의식에 남아 늙음에 다다라 느끼는
삶의 아픔이다.

삶이,
환(幻)임을 느끼며 자각하는 그 아픔이
삶을 바라보는 시선이 되어

피부에 와 닿는 삶의 감각에도
초연한 안목을 갖게 한다.

삶을
꽃피우려고 노력하고
헛되지 않게 정신을 갈무리며
시간을 쌓은 삶의 잔상들이
허공 꽃이 되어
늙음의 초연한 마음에
흩어진다.

# 13. 생로병사(生老病死)

생로병사(生老病死)는
삶의 과정이며, 모습이다.

생로병사는
태어나므로 늙고, 병들며, 죽는다.

생로병사는
누구나 이 과정의 삶을 살게 된다.

삶의 다양한 일상의 모습들이
생로병사 흐름의 과정에 이루어지는
삶의 다양한 모습들이다.

태어난 자는
삶의 꿈을 가지고 그 뜻을 펼치며 최선을 다하고
그러한 일상의 흐름이
늙음으로 가는 흐름의 과정에 이루어지며
시간의 흐름을 잊고 열심히 노력하다 보면
어느덧 세월이 흘러 젊음이 다 지나가고
늙음이 짙어 있음을 자각하게 된다.

자신의 늙음을 인식할 때에는
누구나 겪는 생로병사의 과정 깊숙이
벌써 들어와 있음이다.

젊을 때는
시간이 흐르는 것은 크게 인식할 수가 없어도
늙으면, 시간이 빨리 흐름을 자각하게 된다.

그 까닭은
젊으면 육체 늙음의 변화를 느낄 수가 없으나
늙으면 육체의 질병과 늙음이 신속함을
육체의 기능 저하와 피부 노화로 신속히 느끼게 되고
자각하기 때문이다.

삶이 긴 세월인 것 같아도
삶을 위해 노력하다 보면
홀연히 어느덧 늙어있음을 발견하게 되니
막상 살아보면 긴 세월이 아님을 느끼게 된다.

삶은,
길다고 좋은 것도 아니며
짧다고 아쉬워할 것도 없으니
자기에게 주어진 삶의 시간을 어떻게 보람되고
뜻있고 가치 있는 삶의 시간으로
창출하느냐가 중요하다.

삶의 과정에는
자의든, 타의든, 운명이든 아픔도 있고
기쁨도 있으며, 보람의 시간도 있고
삶이 행복한 시간도 있다.

삶의 흐름 속에
상황에 직면한 여러 일을 하게 되어도
경험이 부족하고, 삶의 지식이 부족하여
잘한다고 하여도, 지나보면 미숙한 점이 많으며
삶에 대해 바른 시각의 눈을 뜨지 못해
상황에 혼돈과 방황을 할 때도 있다.

**혼돈과 방황의 시간이 흘러가면**
**그 경험이 또 축적되어**
**다음 상황을 대처하는 능력이 달라진다.**

마음에
아픔이 크고, 상처가 깊을수록
삶의 진실에 대해 눈을 뜨게 되며
자신의 부족함을 아픔으로 수용하게 된다.

아픔을 경험하고
그 상처가 자신을 극복하는 계기가 되어
삶의 어떤 시련에도 담담함으로
마음의 평정을 잃지 않으며
모든 상황에 대해 현명한 분별력을 잃지 않는

어엿한 모습으로 성장하게 된다.

이러한 과정의 삶 속에
삶의 관계로 벌어지는 각종 상황의 전개와
상중하 인간관계의 흐름 속에 분주하여
시간과 세월의 흐름도 잊어버리고

자기 나름대로
마음의 정성과 열정을 다하다 보면
어느덧 젊음은 다 가버리고
홀연 듯 늙음 깊숙이 와 있는 자신의 모습을
삶의 어느 순간에 발견하게 된다.

삶이, 이제 무엇인지 눈을 뜨니
자신도 모르게 세월의 흐름이 묻어 있는
자신의 늙은 모습을 발견하게 된다.

이것이 삶이며,
이것이 인생인가 하는 것을 느끼게 되니
삶이 무상함을 홀연 듯 자각하며
삶의 덧없는 허무를 피부 깊숙이 느끼고
깨닫게 된다.

삶의 경험이 부족해
미숙했던 지난날을 돌아보며
이제, 경험이 축적되어도 늙음으로 병이 들고

죽음을 마음속에 맞이하는 준비를 해야 하니

삶이 꿈(幻)이며,
잡을 수 없는 환과 같은 삶의 참모습을
깊이 느끼며,

얼마
남지 않은 시간의 세월이어도
알알이 나 자신의 의식을 깨어있게 하고

삶의
마지막 종료, 일 점을 찍을 때까지
나의 최선의 삶을 도모하며
남은 삶의 열정을 쏟는 진정한 최선과
진실을 다하는 남은 삶의 소중한 시간을 위해
오롯한 정성의 일념을 쌓고 쌓아가는
생명 종료를 향한 삶의 시간이다.

죽음이 언제 오든
생명의 심장이 멈추고 호흡이 끊어지는
그 순간까지
내 생명 삶의 가치를 위해 혼신의 최선을 다하고
마지막 최후 그 순간까지 나를 잘 다스리며
후회 없고 미련 없는 죽음의 그 순간을 맞는 것
그것이 중요할 뿐이다.

내가 더 산다고
거기에 무슨 의미가 더 있겠으며,

지금
죽음이 있어도
무슨 미련이 있을까마는

삶은
최선의 열정을 다해야 하며
한순간도 헛되이 해서는 안 된다는 이 말을
아직 여기까지 다다르지 않은 사람들에게
전하고 싶을 뿐이다.

그러나,
삶이 무엇인지를 모르는 사람들이
이 진실한 한마디를 가슴에 새길 사람이
누가 있겠으며,

그렇게
그렇게 살다 그 역시 이곳에 다다르면
나와 똑같은 심정이어도
삶을 예사로이 생각하며 살다
이제 죽음에 다다라 그것을 인식한들
무슨 소용이 있으랴!

생로병사
이 몸을 가진 자는 누구도 벗어날 수 없고
피할 수가 없다.

**자연의 진리,**
**태어난 자는 반드시 늙으며**
**태어난 자는 반드시 죽는다는 이것은**
**삶은 어떻게 살아야 한다는 것을 일깨우는**
**생로병사의 진리이다.**

삶을
한마디로 요약하면
꿈을 향한 열정, 헌신을 다 하는 그 길이
생로병사(生老病死)의 길이니,
심장이 멈추는 그 순간까지
후회 없고 미련 없는 삶이 되도록
지혜로운 생명의 삶이어야 한다는, 그 한마디
꼭, 하고 싶을 뿐이다.

# 14. 아리랑

아리랑 노래
누가 지었는지
그 처음을 알 수 없어도
우리 민족의 핏줄처럼 끊임이 없이
대를 이어 전하고 전하여
이 아리랑 노래를
지금 우리의 삶 속에도 즐겨 부르고 있다.

마음에 아픔이 있어도
삶에 기쁨이 있어도
가슴 속에 품은 꿈이 있어도
아리랑 노래를 부르며
아픔도, 기쁨도, 꿈도 아리랑 노래에
그 마음을 담아 부르며
삶의 애환과 그리움의 혼을 담아 불렀다.

아리랑 노래는
한민족 가슴 아픈 역경의 정서와
그 삶 속에 꿈을 담아 부른 혼을 달랜 노래가
아리랑 노래이다.

그 뜻과 의미가 무엇이냐는
논리나 정의보다
음식에 간을 맞추어 맛을 돋우듯

삶에
애환과 아픔이 있을 때는
그 아픔에 아리랑을 부르며 그 아픔을 달랬고

삶에
꿈이 있을 때는
그 꿈에 아리랑을 부르며 그 꿈을 꾸었고

삶 속에
그리운 님을 생각할 때에는
그 님을 생각하며 아리랑을 불렀다.

**우리 민족은**
**가슴 아픈 넋을 달래려고 아리랑을 불렀고**
**꿈 가진 혼의 기쁨을 아리랑 노래로 표현했다.**

삶의 아픔과
기쁨을 아리랑과 같이했으며
대대로 이어온
우리의 삶은 아리랑 혼의 삶이며
우리의 꿈은 아리랑 혼의 꿈이며
아리랑을 부르며 아픔의 혼을 승화시키고

애환의 꿈을 꾸는 그 삶의 정서를
아리랑 노래에 담아 불렀다.

아리랑은
우리에게 단순한 노래가 아니다.

이 땅을 위해 피와 땀을 흘리며 불렀던 노래이며
선조들이 후손의 미래를 꿈꾸며 불렀던 노래이며
그 힘겨운 삶의 애환을 담아 불렀던 노래가
아리랑이다.

옛 선조들이 그러했듯
또한, 우리가 사라져도
끝없는 미래의 후손들도 아리랑을 부르며

그들의 아픔을 달래며 아리랑을 부르고
그들 미래의 삶을 꿈꾸며 그 기쁨을 담아
아리랑 노래를 부르며
그들의 꿈의 삶과 꿈의 혼을 풍요롭게
할 것이다.

아리랑 아리랑 아라리요
아리랑 고개를 넘어간다
나를 버리고 가시는 님은
십 리도 못 가서 발병 난다.

그 꿈의 님은
항상 우리의 혼(魂)과 더불어 영원히
함께할 것이다.

# 15. 불꽃

생명은
불꽃과 같다.

근본을 알 수 없이 생겨나
불꽃처럼 살다
자취 없이 사라지는 생명이 불꽃과 같다.

생명이 살았을 때는
무엇이든
태산도 다 삼킬 듯 불꽃 같은 염원을 품고
불꽃처럼 활활 생명의 꿈을 가지고 살다
한 찰나 그 간 곳 알 수 없어
자취 없이 초연히 어디론가 사라지는
불꽃 같은 생명이다.

불꽃같이 살았을 때는
삶의 꿈도 많고
가슴에 품은 희망도 많고
염원 염원의 소망을 가슴에 품고

불꽃처럼 살다
홀연히 어디론가 자취 없이 사라지는
생명,

그토록
갈망한 꿈도 버리고
가슴에 품었든 희망도 놓아 버리고
염원 염원을 가슴에 가득 안고
간절한 염원의 불길이 되어
시간의 흐름도 잊고
하루해 저묾도 잊고
사시사철 흐름도 잊은 채
불꽃처럼 살다
그토록 갈망한 꿈도 희망도
모두를 버리고 자취 없이 홀연히 사라진
불꽃 같은
생명,

와도 온 곳을 모르고
사라져도 그 간 곳을 알 수 없는
묘연한 혼령
불꽃처럼 왔다
불꽃처럼 살다
불꽃처럼 사라진
생명,

그 오고,
간 곳을 알 수 없으나
꿈을 안고 불꽃처럼 살다간 그 흔적만
초연히 남아 있다.

# 16. 달집태우기

인간의 순수 염원과
아름다움을 지닌 전래한 풍습 중 하나가
달집태우기이다.

정월 대보름날이 되면
지역민들 마음이 하나가 되어
국운이 번창하고
지역과 모든 가정이 평안하며 다복하고
크고 작은 모든 액운이 사라지기를 염원하며
한 해의 풍년과 모두의 건강과 평안과
행운을 기원하는 염원을 담은 달집을 만들어
정월 대보름날 보름달이 떠오르면
달집에 불을 붙여
달집이 타오르며 솟구치는 불길에
모든 액운이 소멸하고
거세게 타오르는 불길과 같이
국운과 모두의 삶이 번창하고
모든 액운과 재앙재난이 사라지기를 소망하며
순수 마음가짐으로 염원하고 기도하는
아름다운 풍습인 달집태우기를 한다.

사람이
스스로 만물의 영장이라 하여도
그 내면 순수 의식은 풀잎보다 연약하기에
지혜에 의지해 사물의 섭리에 눈을 뜨고
상생의 도리를 깨우쳐 서로 지혜를 도모하며
삶을 유익하게 하고자
상생으로 서로 위하는 삶의 사회를 만들어
서로 의지해 삶을 지탱하고
삶의 행복을 공유하는 사회의 질서를 갖추어
서로 위하는 공유된 사회 속에
인간의 삶이 서로 의지한 상생 공유 속에
이루어지고 있다.

달집을 태우며 치솟는 거센 불길 속에
불길처럼 다 같이 번창하고 창성하며
모든 액운이 불길 속에 사라져
서로의 안녕과 평안을 기원하는 한마음 되어
높이 치솟는 불길과 같이
한마음으로 상승하고 승화하는
불길 같은 한마음이다.

치솟는
불길 속에 하늘 높이 솟구쳐 오르는 불티처럼
모두의 마음속에 티끌이 사라져
불길 속에 하나 되어 기쁨이 충만하고
한 해를 맞이하는 염원의 마음들이

불길처럼 하늘 높이 치솟아
어둠을 두루 밝힌다.

허공
높이 치솟으며 타오르는
염원의 불길은
염원이 가득한 희망과 기쁨을 담은 모두의 눈길
꿈이 가득한 그 동공 속에도
염원의 불길은
하늘 높이 치솟고 있다.

# 10장

## 차(茶)의 향기

# 1. 차향(茶香)

마음의 한 올, 한 올
숨결 고운 얼의 문채(文彩)
불의 혼령 끌어다가
흙 그릇을 달구고,

이슬 모은 청정수에
찻빛을 물들이니

보고픔 담은 눈빛 속에
고운 님, 그리운 님, 찻물 빛에
무르녹아

마음 담은 미소 속에
움막 가득
사랑 빛 차향이 가득하네.

# 2. 연차(戀茶)

무심한 마음에
홀연히 떠오르는 정(情) 담은 사람이 있어
마음에 흐르는 아련한 추억에
주섬주섬 찻잔을 챙겨
다관에 물을 담아 끓이며
잘 있으리라 생각하며 희미한 옛 추억이
그리워진다.

하얀 찻잔에 찻물을 담으니
고운 찻빛이 새록새록 옛 생각을
불러일으킨다.

삶은 그렇게 익어가고
세월 속에 추억이 되어 가슴에 남아
서로 안부가 없어도 잘 있으리라 생각하며
삶이 다 이렇게 흐름을
젊음이 사라져버린 지금에서야
홀연히 느끼게 된다.

지금 그 모습

어떻게 변했는지 가늠할 수 없으나
아련한 그리움을 차향에 담으니
따뜻한 찻잔의 감촉에
옛 그리움이 고스란히 스민다.

아득히
잊고 있었든 옛 생각
이제 세월 따라 고운 추억이 되어
그리움 담은 향긋한 차향이
더욱 새롭게
그리움을 자아내게 한다.

# 3. 연차(緣茶)

차(茶)는
단순, 기호품이 아니다.

때에 따라서는
서로 말없이 교감을 나누는 속 깊은
친구가 되기도 한다.

**사람에게는 느낄 수 없는
깊은 교감의 정(情)을
차(茶)에서 느낄 때가 있다.**

서로 말을 주고받으며
대화를 해야만
교감이 이루어지는 것이 아니다.

서로 대화는 없어도
사람보다 더한 위로를 받을 때도 있으며
사람에게 느낄 수 없는
순수 존재의 따뜻함을 느낄 때도 있다.

꽃을 보며
말 없어도 마음의 아픔을 위로받고
순수의 기쁨을 느끼듯

차(茶)를 통해
말 없어도 마음의 아픔과 상처를 위로받고
마음이 무한 평온하고 순수해지는
혼(魂)의 평화로움을 느낄 때도 있다.

차(茶)가
나에게 어떤 말을 하거나
어떤 영감을 주어서가 아니다.

차(茶)는
항상 말 없어도 차(茶)의 교감 인연 속에
나 스스로 느끼며 깨닫고
길 없는 길에서 무한 영감의 길을 열며
언어를 넘어선 또 다른 세계를
깨우치게 한다.

그것이
그냥 그렇게 되는 것이 아니라
차(茶)를 인연한 교감이
또 다른 세계의 감각과 느낌과 영감을 여는
인연의 계기가 되는 것이다.

무엇이든
열린 촉감과 살아있는 생명작용이
의식의 특성을 따라 영감이 피어오르니

인위(人爲)를 벗어버린
순수의 가치, 차(茶)와의 교감에
한계를 벗은 무한 승화 순수 영감의 세계가
맑은 정신촉각에 스치는 차향을 따라
무한 혼(魂)의 감각이 열린다.

무한 감각이 열리는
불가사의 명상무한(瞑想無限)이며
무염광명(無染光明)이다.

# 4. 정차(情茶)

정(情)은
순수, 생각하고 위함이다.

정(情)은
하나 되는 동화(同化)의 특성이 있어
정(情)의 성품에는
서로 대립하고 장애 하는 벽이 없으므로
허공처럼 막힘 없어
정(情)의 성품에는 티끌이 없다.

만약
정(情)에 장애의 벽이 있다면
정(情)과 어떤 분별의 생각이 섞여 있음이다.

정(情)과 분별의 생각은
그 성품이 다르다.

정(情)은
인위적이 아닌 순수 자연적 감성으로
혼(魂)이 깃든 가슴에서 일어나며

분별의 생각은
자연적이 아닌 인위적 헤아림으로
지성이 작용하는 두뇌에서 헤아리게 된다.

정(情)은 생각이 아닌 감성이며
생각은 정(情)이 아닌 분별이며 헤아림이다.

정(情)이 지성(知性)을 자극하면
정(情)을 수용한 생각을 하게 되며,
정(情)이 아닌
지성(知性)의 분별과 헤아림이 치성하면
정(情)의 감성이 가라앉게 된다.

원래 지성(知性)의 헤아림인 분별은
감성인 정(情)을 지니고 있지 않다.

지성(知性)은
인식하고 분별하며 분석하고 헤아리는
두뇌의 작용을 하게 된다.

지성(知性)은 그림으로 표현하면
이쪽과 저쪽의 영역을 가르고 구분하게 하는
선(線)과 같다.

감성(感性)인 정(情)은
그림으로 표현하면 색채이므로

단지 그 영역의 바탕 색채일 뿐
선(線)의 이쪽저쪽 경계 역할은 하지 않는다.

지성적 선(線)과
감성적 색(色)의 조화 어우름의 미학(美學)으로
정신이 의미한 뜻과
생각하는 의도된 목적에 의미를 표현함이
그림이다.

그림은
마음에 투영된 영감(靈感)과
의식과 심리와 뜻과 의도한 목적에 따라
감성과 지성이 결합하여
영감의 선(線)과 색(色)이 함께 조화를 이루어
뜻한 바를 표현하며 드러내는
색(色)과 물(物)의 조화(調和)를 이룬
사유(思惟)의 결정체이다.

**정(情)은**
**장애 없는 통(通)이나**
**관계에 따라 그 색채가 다르다.**

정(情)이
관계에 따라 각각 색채가 달라도
글과 말이 하나로 표현함은 빛과 같음이니
밝음을 빛이라 말하나

빛 속에는 빛의 성질
무지개 색깔인 빨 주 노 초 파 남 보처럼
여러 색깔이 있음과 같다.

그러나
정(情)이든 빛이든 여러 빛깔이 있어도
하나의 언어로 부족함이 없이 두루 통함은
여러 색채의 정(情)이 다 정(情)이기 때문이며
모두 다른 빨 주 노 초 파 남 보 색깔이
모두 빛이기 때문이다.

사람에게는
정(情)이 있으므로 관계가 아름다우며
정(情)의 관계이므로 서로의 삶도 아름다우며
정(情)이 있는 삶이 기쁨이며 행복이다.

관계 속에
빨 주 노 초 파 남 보 각각 색채의 정(情)을
차(茶) 하나로 수용하여
빨 주 노 초 파 남 보 모든 색채의 정(情)을
기쁨으로 위하며 정(情)을 충만하게 하고
정(情)을 북돋우니

차(茶)는
빨 주 노 초 파 남 보 정차(情茶)가 되어
모든 색채 정(情)의 삶을 이롭게 하며

기쁨이게 한다.

삶이 기쁨임은
정(情)의 무지개가 있기 때문이며
무지개의 정(情)이
삶의 의미와 가치를 가지게 한다.

누구를 만나든
정성 담은 똑같은 차(茶)이나
그 차(茶)의 인연은
빨 주 노 초 파 남 보 각각 색채가 다른
정차(情茶)이다.

# 5. 사유차(思惟茶)

차(茶)를 마시는 경우는
어떤 특별한 경우가 아니어도
일상의 다양한 인연사(因緣事)가 있다.

무엇이든
생각이 깊어지고
사유(思惟)를 하게 되면
자연스레 차(茶)를 마시게 된다.

그냥 단순,
아무렇지도 않은 맹맹한 분위기보다
차(茶)를 마시는 여유 속에 사유를 하다 보면
좀 더 섬세하고 깊은 사유를 하게 된다.

몸을 가만히 있는 사유는
골똘히 깊은 생각이나 사유의 경우가 아니면
생각이 정체되거나
생각이 침체할 수도 있다.

그러므로

차(茶)를 마시며 사유하는 것은
사유에 도움이 된다.

물맛과 차맛은 다르니
물맛은 맹맹하여 정감(情感)을 단절하므로
깊은 정적(情的) 사유(思惟)가 끊어지고

**차맛은**
**마음을 순일하게 하고 평온하게 하는**
**순수 정감(情感)의 끌림이 있어**
**사유를 함에 도움이 된다.**

생각과 사유(思惟)가 다름은
생각은 모든 의식작용을 일컫는 포괄적이며
사유(思惟)는 어떤 목적의식을 가지고
뜻에 따라 면밀히 생각하고 살피어 분별하며
뜻에 의해 상황을 두루 깊이 생각하므로
밝은 안목의 지혜를 여는 것이다.

생각(念)은 모든 의식작용으로
잡념과 망상으로부터
다양한 이유와 뜻과 목적에 따른 여러 생각과
깊은 사유에 이르기까지 모두를 싸잡아 일컬으며,
사유(思惟)는
뜻에 따라 안목을 밝히는 생각과
지혜를 더하는 작용이다.

사유(思惟)에는
차(茶)가 도움을 주는 좋은 벗이기도 하며
사유의 정감(情感)을 자아내게 하는
좋은 매체가 된다.

차(茶)는
어떤 정감(情感)을 갖지 않아도
차(茶)를 마시는 자의 섬세한 정감(情感)과
사유(思惟) 의식의 빛깔과
정신적 피어난 감흥(感興)에 따라
더불어 무한 가치의 세계를 도출한다.

**사유(思惟)의 차(茶)는**
**사유(思惟)와 혼연일체를 이룬**
**맛과 향을 창출한다.**

그것은
차(茶)의 가치가
사유(思惟)를 통해 무한 가치를 창출하는
사유와 혼연(渾然)히 일치하는
사유차(思惟茶)의 특성 때문이다.

무엇이든
무한 융화의 조화(調和)를 이루다 보면
그 속에 더없는 가치를 창출하는
새로운 세계를 열게 된다.

차(茶)는 변함이 없으나
사유(思惟)의 정신과 빛깔에 따라
차(茶)의 맛과 향도 더불어 향취를 더하며
상승하게 된다.

사유차(思惟茶)의 맛과 향은
무한 허공의 바다와 같고,
사유(思惟)는
무엇에도 걸림 없는 허공의 바다에
자유로운 사념 조화(造化)의 날개를 펼치는
새로운 세계를 여는 신비(神秘)
무한 창조의 새가 된다.

창조의 새는
똑같은 모양과 색채의 그림을 그린적이 없고
생명이 무한 창조의 새이니
무한 창조의 꿈 세계를
생명은 또 다른 모양과 색채로
꿈의 세계를 그리고
또 그린다.

# 6. 예차(禮茶)

예(禮)는
자신의 마음가짐과 모습
행위의 아름다운 품격과 기품을 갖게 하며
사람의 관계를 아름답게 하는
삶의 지성을 일깨우는 정신문화이다.

예(禮)와 차(茶)가 어울려
차(茶)를 통해 예(禮)를 배우고
마음가짐과 몸가짐과 행위를 다스리며
선한 성품의 지성을 일깨우고
물과 불과 차(茶)를 다루며
자연 섭리의 순리를 배우고 익히므로
아름다운 조화의 순리를 따르는
지극한 순수 마음가짐
순수 자연심의 도(道)를 일깨우게 된다.

차(茶)가
예(禮)의 매체가 되어
마음을 순수 정갈하게 하고
행위의 기품이 조화의 순리를 따라

자연스런 아름다움을 창출하며
선한 마음 선한 행동으로 조화로움을 도모한다.

차(茶)를 매개로 하여
마음을 선하고 정갈하게 하며
행위의 조화를 도모하며 순리를 따르게 하니
차(茶)를 통해 마음을 다스리며
자연스레 도심(道心)을 일으키게 되고

차(茶)를 매개로 하여
예(禮)의 정신을 도모하며
조화로운 순리에 순응하는 지성을 일깨우니
예(禮)가 차(茶)를 매개로
예(禮)의 지성적 도리를 배우고 익히며
행위의 품격인 아름다운 조화의 순리를
갈고 닦게 된다.

무엇이든
배움이 없으면 자신을 일깨울 수가 없고
자신의 부족함을 다듬고 다스림에는
자기 시선이 미치는 열린 지혜의 정도에 따라
시각의 초점과 안목이 달라진다.

배움은
남보다 돋보이고 앞서기 위함이 아니라
자신의 부족함을 일깨우고 자각하며

부족한 안목을 열고, 지혜를 더욱 밝게 하며
의식의 진화로 깨어있는 사람이 되도록
노력할 뿐이다.

차(茶)의 기본정신은 서로 조화로움에 있으며
예(禮)의 기본정신은 자신의 품격을 다스리며
남을 공경함에 있다.

차(茶)를 매개로 한 예(禮)에서
순리의 선함을 일깨우는 공경을 배우며
예(禮)에 차(茶)를 수용하는 지성의 정신은
자신의 품격을 상승하여 돋보이게 하고
승화된 무한 조화로움을 일깨우는
지극한 상생의 열린 정신을 배우게 된다.

차(茶)가 예(禮)를 수용하여 숭상하므로
차(茶)의 품격이 무한 상승하고
예(禮)에 차(茶)를 수용하여 융화하므로
예(禮)가 두루 어우르는 조화의 아름다움을
풍성하게 한다.

차(茶)도 나의 가치를 상승하게 하는 매체이며
예(禮)도 나의 품격을 상승하게 하는 매체이니
차(茶)와 예(禮)를 수용하는 경계에 따라
무한 열린 품격의 아름다움을
도출하게 된다.

# 7. 품차(品茶)

존재하는 만물은
제각각 자기의 품격을 갖추었고
그 성품 성격의 모습을 따라
그 특성을 드러내는 형태를 두루 갖추었으니
그것이 만물 만상의 모습이며 성질이다.

만물이 다름은
제각각 성품의 성질과 품성이 다르기 때문이며
그 성품의 성질에 따라 특성이 있으니
그것이 만물의 특성이다.

그러므로
만물이 그 성질과 형태에 따라 쓰임새가 다르고
쓰임새에 따라 그 가치도 달라진다.

그것이
모양과 성질과 품성에 따른 차별이니
그 차별은 사용처에 따라
또는 상황에 따라 다양한 가치를 가지게 된다.

그러므로 어떤 상황이든
그 상황에 따라
그에 적절한 가치를 가진 것이 필요하다.

어떤 것이든 필요에는
모양과 성질과 품성의 차별에 따라
상중하 품격의 가치로 나누어진다.

차(茶)도
차(茶) 나무가 자라는 토양과 기후에 따른
차(茶) 나무의 특성과 잎의 성질과
제다(製茶) 공정의 특별한 여러 단계의 과정과
차(茶) 관리의 과정에 따라
차(茶)의 다양한 품격이 차별화된다.

존재 궁극의 삶의 결정체
차(茶)의 품격 그 다양한 가치에서
스스로 나 자신을 돌아보는 계기가 된다.

무엇이든
귀한 것을 귀하게 보는 것도 안목이 있어야 하며
천한 것을 천하게 보는 것도 지혜가 있어야 한다.

안목과 지혜가 없으면
천한 것을 귀하게 여길 수도 있고
귀한 것이 무엇인지도 모를 수가 있다.

경험이 부족하고 지혜가 없으면
자기가 좋아하는 것을 귀하게 생각할 수도 있고
경험을 쌓고 지혜의 안목이 열리면
남의 귀함과 천함이 눈과 귀에 명백해지므로
귀하고 천함을 자신이 가름하게 된다.


차(茶)는
그 품성을 따라
상중하 품격의 품차(品茶)로 나누어도
자신의 품성인 품격은
누구나 스스로 되돌아보기 어렵다.

# 8. 도차(道茶)

도(道)가
무엇인지 몰라도
도(道)라 하면 다들
이상(理想)적으로 생각한다.

그렇게 생각하는 것은
도(道)에 대한 인식과 관념이 선(善)하고
사람을 이롭게 하는 바른 정신이며
세속적 욕망과 악함과 삿됨을 벗어난 것으로
인식하기 때문이다.

도(道), 자체야
무슨 허물이 있겠느냐마는
사람들이
이것도 도(道)라 하고
저것도 도(道)라고 하니
세상에 각종 도(道)가 흘러넘친다.

도(道)를 닦는다 함은
그 사람이 생각하는 도(道)일뿐

모두가 그것이 도(道)임을 인식하고 순응하는
전체의 도(道)일 수는 없다.

도(道)는 닦아 이루는 것이 아니라
도(道)는 인위적 창조나
이루어 만드는 노력의 것이 아니므로
단지, 순응할 뿐
닦음의 도(道)는 없다.

닦음은, 도(道)가 아니라
자신의 부족한 의식과 지혜를 일깨우며
부족한 자신의 역량을 성숙하게 하는
수행일 뿐이다.

도(道)는 닦을 수 있는 것이 아니라
도(道)는 본래부터 존재하는 그대로일 뿐
닦아 이루는 닦음의 도(道)가 없다.

만약, 닦음이 도(道)이면
미래의 생명이 끝없으니
그마다 닦음이 다르니
끝없는 차별의 도(道)가 새로이 생겨날 것이다.

단지, 닦는다 함은
도(道)를 수용하는 지혜를 밝히고
도(道)를 수용하지 못 하는 의식을 다스리며

자신의 부족한 역량을 기르고
자신이 원하는 바를 따라 수행 길을 선택하여
그에 따라 자신을 일깨우는 행을 할 뿐이다.


도(道)의 근원이
존재의 근원이며 만물의 근본이니
삼라만상 만물의 운행과 작용의 조화(造化)가
모든 도(道)의 근원이다.


모든 존재는
삼라만상 만물의 운행과 작용 속에 존재하며
도(道)를 논하고 수행을 논하며
지혜를 논함도 이 세계를 벗어나 있지 않다.


만약,
그 무엇이든 이를 벗어난 것이면
삼라만상 만물의 운행과 작용에 관계없는
삼라만상의 우주 밖의 일이다.


존재 그 자체가
만물의 운행과 작용 속에 존재하니
도(道)라 일컬어도
그 근원이 자기를 벗어나 있지 않음은
존재 그 자체가 곧, 천지 우주의 섭리이며
만물의 섭리인 도(道)의 작용이기 때문이다.

이 말은
도(道) 속에 태어나고
도(道) 속에 살아가기 때문이다.

그러므로 일체가
도(道) 속에 무르녹아 혼연일체 살아가기에
도(道) 속에 있으면서
삶 그 자체가 도(道)임을 자각하지 못할 뿐이다.

자기가 태어나고 삶을 살아도
존재의 근원인 도(道)의 섭리와
자기 생명이 살아가는 천지운행 조화(造化)인
도(道)의 섭리를 알지 못하므로
그 도(道)를 깨달아 지혜가 밝아야만
도(道)의 세계를 두루 알게 된다.

차(茶), 역시
천지 우주만물 도(道)의 섭리 조화를 따라
자기의 특성인 맛과 향을 온전히 갖추어
천지 운행 도(道)의 작용을 따라 응화하여
자기 가치의 특성을 드러낸다.

**천지운행에는**
**작은 티끌 하나도 도(道)를 벗어난 것은 없다.**

눈에 보이고 귀에 들리며

촉각 하는 일체가 도(道)의 작용이며
도(道)에 의한 모습이다.

도(道)를 벗어나면 존재할 수 없으며
무엇 하나
도(道)를 벗어난 일물(一物)은 없다.

차(茶)도
도(道)의 섭리작용에 의함이니
차(茶)의 맛도 도(道)의 성품 맛이며
차(茶)의 향도 도(道)의 성품 향이다.

그것을 깨닫게 되면
스스로 도(道) 속에 삶을 인식하게 된다.

눈에 보이는 것
귀에 들리는 것
촉각하고 느끼는 감각세계 일체가
도(道) 아님이 없다.

그러나
도(道)는 너무 밀착해 있기에
도(道)는 나와 격리된 대상이 아니므로
도(道)를 인식할 수가 없다.

만약,

도(道)를 인식한다면
도(道)는 닦음이 아니라 순응임을 자각하며
닦음의 수행이 곧, 자신의 부족함을 일깨우는
지각 있는 지성의 행위임을 알게 된다.

도(道)는 인위(人爲)가 아니며
닦아 이룸이 아님을 깨달으면
수행은 도(道)의 순응을 위한 행위이며
도(道)의 지성을 일깨우는 행위임을 알게 된다.

도(道)는
앎과 깨우침과 어떤 수행도 아니니,
도(道)를 깨우치면
일체가 도(道)임을 터득하게 된다.

차(茶)의
깊은 맛과 향긋한 향이
도(道)의 모습을 몸체로 드러낸다.

사람에 따라
차(茶)를 마시는 자도 있고
도(道)의 맛과 향을 향유하는 자도 있고
차(茶)와 도(道)도 초월한
불이(不二)의 불가사의 근원에 다다른
도(道)가 무르익은 경계도 있다.

차(茶)의
맛과 향이, 그대로 감춤 없이 드러내는
도(道)의 모습이며

맛과 향의 촉각, 그 자체가
도심(道心)이 깨어있는 순간이다.

# 9. 낙차(樂茶)

홀로
마시는 차(茶)가 낙차(樂茶)이다.

홀로
차(茶)를 마시는 순간이
무엇보다 행복하고 즐거운 시간이다.

여유롭게
차(茶) 맛을 느끼고
홀로 자유롭게 사유하며
무엇도 간섭받지 않고 자유로운 이 순간이
순수 차(茶)의 맛과 향이 어우러져
평온과 평화가 함께 잔잔히 피어나는
여유로운 순간이다.

어떤 기쁨의 일이 있어
행복이 가슴 가득 충만하고
무한 행복함에 들떠 어찌할 바를 모르는 것이
꼭, 행복만은 아니다.

그 극치의 행복은
영원히 계속될 수가 없어
또 다른 불행의 씨앗이 될 수도 있다.

언제나 그저
예사로이 생각하는 일상의 소중한 행복이
참 행복임을 가슴 깊이 인식하고 느끼는 것이
삶 속에 어떤 계기가 되면 자각하게 된다.

**특별한 행복은**
**특별한 계기의 기쁨일 뿐**
**항상 하는 일상의 참 행복은 아니다.**

**참 행복은**
**일상의 순수 행복이 참 행복이다.**

그냥
그대로 순수 행복한 일상들이다.

그 순수 일상이 무너지면
특별한 기쁨과 행복도 감당할 수 없는
불행이 오게 된다.

그 순수
일상의 행복을 느끼지 못하므로
특별한 기쁨과 행복을 맞이하고자 한다.

그러나
그런 기쁨과 행복은
항상 내 곁에 머물러 있지 않아
잠시 나뭇가지를 흔드는 순간의 바람일 뿐이다.

소중한 것은
그냥 일상의 변함없는 평온과 평화이다.

누구나 세월 따라 삶을 살다 보면
다양한 삶의 변화 속에
그냥 예사로이 생각한 일상이 무너지는
다양한 경험을 하게 되면
일상의 평온과 평화가 얼마나 소중한 기쁨이며
삶의 참 행복인지를 자각하게 된다.

차디찬 겨울이 되면
지난봄이 행복이었음을 느끼듯
그 좋은 시절이 지나 가버린 체험을 해야만
그때가 참 행복이며 기쁨임을
비로소 느끼게 된다.

계절은 다시 돌아와도
삶의 순간은 다시 되돌아오지 않는다.

삶이 흐르는 시간을
미리 경험해 볼 수가 없으므로

항상 지난날은 가슴에 남아 그리워하며
그때가 행복이었음을 자각하게 된다.

지금,
이 순간도 세월이 흐르면 추억이 되어
지난날 이 순간을 그리워할 것이다.

홀로
차(茶)를 마시며
차(茶)의 섬세한 맛과 향을 음미하고
자유로이 사유하며
홀로 이 차(茶)가 낙차(樂茶)임을 느끼는 것은
이보다 더한 기쁨과 행복이 있더라도
이러한 평온과 평화의 시간이 아닐 수도 있다.

홀로 있으면
평온과 평화를 느낄 수 없어도
낙차(樂茶)가 있으니 홀로 외롭지 않고
낙차(樂茶)와 함께 자유로이 사유하며
삶이 흐르는 순간
순수 행복을 느끼는 평온과 기쁨의
참 순간이다.

이 순간이 지나면
이러한 순수 평온과 기쁨이 있을 것임은
보장할 수가 없고

삶이 흐르는 순간의 변화를 예측할 수가
없기 때문이다.

삶에는
누구의 탓도 아닌
지난 순간을 다시 되돌릴 수 없는 아픔들이
누구에게나 있다.

그러기에
다시 되돌리지 못하는 이 순간의 평온과 평화를
놓치고 싶지 않다.

홀로이어도
낙차(樂茶)가 있기에
차(茶)의 맛과 향기가 삶의 평안과 평화가 되어
삶의 이 순간을 행복하게 하고
무한 자유로운 사유 속에 기쁨의 혼(魂)이
되게 한다.

# 10. 다다(多茶)

차(茶)의
종류는 다양하고 많다.

차(茶)에 따라
색깔과 맛과 향이 다르고
같은 종류의 차(茶)라도
제조과정에 따라 맛과 향의 차이가 있다.

이러저러한 차(茶)를 마시다 보면
어느 차(茶)가 맛과 향이 좋음을 느끼게 된다.

맛과 향이 서로 다름 속에
같은 종류의 차(茶)이여도
그 섬세하고 미묘한 맛과 향의 차이에
마음 끌림이 서로 다른
맛과 향의 차별을 인식하게 된다.

촉감과 감각의 현상세계는
어느 것 하나, 같은 것이 없다.

어느 것이 서로 같은 것 같아도
서로 같지 않은 미묘한 차이가 있다.

삶의 일상은
촉각과 감각의 분별에 의지해 살아가므로
서로 같지 않은 차별 현상에 익숙하고

필요에 따라
또는 이끌림에 따라
어느 것을 선호하거나 선택하게 된다.

무엇이든 서로 다른 차별 속에
다양한 특성에 자연스레 이끌림을 따라
미묘한 차별의 우열을 습관적으로 분별하며
서로 차별됨을 가름하는 것에 익숙해 있다.

다양한 차(茶)의
서로 다른 섬세한 맛과 향의 차별을 가름하며
미묘한 맛과 향에 이끌림을 따라 분별하고
어느 것이 좀 더 나음을 섬세하게 가름하여도
정작 나 자신의 부족한 부분은
되돌아보지 않는다.

차(茶)의 선별에는
서로 다른 미묘한 차별이어도
좀 더 나은 것이 우월한 상품(上品)이며

서로 비교 속에 조금 부족함이 있어도
그 가치가 떨어진다.

삶의 정신은
누구보다 더 낮거나
우월함이 중요한 것이 아니라

항상 자신의 부족함을 일깨우고
남을 보며 항상 배움의 자세를 가지며
언제나 타성에 젖지 않고 자신을 새롭게 하는
의지의 정신력이 중요하다.

삶의 세월이 깊을수록
세월 속에 숙성한 차(茶)의 깊은 맛처럼
깊은 세월에 성숙한 자기 가치의 모습
맛과 향이 어우른 돋보임의 자세는
삶을 산 세월의 품격, 기품이 묻어나는
아름다운 모습이다.

항상 나 자신의 부족함을 알기에
배움의 정신을 잃지 않으나
다다(多茶)의 서로 다른 섬세한 차별
우열의 맛과 향이
부족한 나 자신을 돌아보게 한다.

# 11. 현차(玄茶)

현(玄)은
묘(妙), 미묘(微妙), 미묘(美妙), 오묘(奧妙),
심오(深奧), 신묘(神妙), 신비(神秘), 통(通),
요달(了達), 통달(通達), 명(明), 적적(寂寂),
심(深), 심(心), 극(極), 천(天), 극대(極大),
극소(極小), 불가사의, 헤아릴 수 없음,
알 수 없음, 아득함 등
그 뜻의 세계와 영역은 무한하며 불가사의이다.

**차(茶)에서**
**현(玄)은 맛과 향과 융화의 극치**
**어우름이다.**

차(茶)의 현(玄)은
순수 자연의 맛과 향과
자연 섭리 융화의 세계, 물(水) 불(火) 차(茶)의
융화의 극치를 도출한다.

차(茶)의 맛은
차(茶)의 몸체를 통해 우러나며

땅의 성품이 빚은 맛으로
순한 순수 떫음과 단맛이 융화되어
자연의 순수 특성의 맛을 빚어 창출한다.

떫은맛이 숙성되면 단맛으로 성숙하고
순한 단맛의 은은함은
떫은맛이 숙성되어 성숙한 품격을 드러내는
자연의 오묘한 깊은 이치가 들어 있다.

대개 과일이 어린 풋것일 때에는
응축된 떫거나 쓴맛을 띠는 것은
그 떫고 쓴맛이
자연의 섭리를 따라 햇빛 속에 숙성되어
성숙한 과일이 되면서 단맛으로 변화한다.

무엇이든
성숙하지 못한 미숙한 것은
그 모습에 성숙하지 못한
아직 떫고 쓴 미숙함이 남아 있음이니
세월 따라 햇빛 속에 숙성되어 성숙해지면
자연스레 미숙한 떫고 쓴맛이 변화하여
품격 있는 단맛을 내게 된다.

차(茶)의 맛은
촉각, 극미(極味)가 되어
촉각의 몸체를 평안하게 하며

순수 자연의 순한 맛은 촉각 속에 스미어
동화되고 융화한다.

차(茶)의
순한 순수의 맛은 자극함이 없어
음료수처럼 혀를 자극하여
거친 감정을 일어나게 하지도 않고
순한 순응의 맛이 되어
순수 감성을 자아내게 하므로
사유(思惟)에 동화되어 융화하는
사유(思惟) 상생의 인성(因性)을 지니고 있다.

차(茶)의 맛은
촉각을 통해 몸체로 스미는 융화와
차(茶)의 맛으로 스며드는 감각의 융화는
감성과 맛의 밀물과 썰물이 걸림 없이 융화되듯
순수 융화의 자연스러움이
무심한 마음에 평안의 감성이 피어나게 한다.

차(茶)의 극미(極味)가
섬세한 촉각을 통해
극미(極味) 현(玄)의 세계에 들게 한다.

차(茶)의 순수 맛은
땅의 성품이 빚은 맛으로
혀의 촉각을 통해

온 몸체를 이완하며 평온하게 한다.

차(茶)의 향은
땅의 기운을 머금은 차나무에
하늘 기운이 응화(應化)하여 빚음이니
향(香)은 허공성(虛空性)을 가져
텅 빈 허공을 충만하게 한다.

향(香)은
공성(空性)을 통해 촉각이니
촉각 한, 순수 차향(茶香)은
땅처럼 응축된
몸을 이완하는 차(茶)의 맛과는 달리
무형 혼(魂)을 자극하며

허공처럼
형체 없는 혼(魂)을 이완하여
무한 명상적 평안에 이르게 한다.

차(茶)의 향(香)도
공성(空性)의 촉각을 통해
무한 명상적 평온의 이완으로
향성(香性) 현(玄)의 세계에 들게 한다.

물과 불과 차(茶)의 어우름
자연 섭리의 조화인

융화의 어우름은
무아(無我)의 도(道)를 일깨우니

오직
궁극의 가치를 창출하고자
서로 궁극의 뜻을 향해 융화하는
어우름의 조화는

**삶은**
**어떻게 살아야 하는가를 일깨우며**
**그 궁극을 향한 열정**
**무아(無我), 무한 승화(昇華)의 가치**
**현도(玄道)를 자각하게 한다.**

그냥
단순히 깨어있는 것은
아무런 의미가 없다.

무엇이든
촉각 속에 느끼며 자각하고
감각 속에 자신의 무딘 의식을 일깨우며
멈춤 없이 진화하는 생명체가 되고자
자신을 일깨우는 촉각의 사유(思惟)가
잠을 자지 않아야 한다.

의식이 무디면

침체하며
단순, 깨어있어도 촉각과 감각이 둔하면
느낌과 자각이 없어
진화하는 생명체가 되지 못한다.

삶은
정신이 깨어있는 순간의 시간이니
꽃 한 송이를 보아도
감각 잃은 의식을 일깨우는 정신의 자각이 있고,
촉각마다
나를 일깨우는 감각이 살아나야 한다.

차(茶)를 통해
맛과 향이
존재의 극(極)을 드러내는
현(玄)의 도(道)에서
나의 부족한 성품을 일깨우고
아직 깨어나지 못한 의식의 촉각과 감각을
일깨울 뿐이다.

# 12. 해차(解茶)

삶은
무한 사유(思惟)의 길이며
의식이 살아있어
끊임없이 촉각하고 감각하며
의식이 살아 숨 쉬는 순간 찰나의 이음이
삶의 시간이다.

촉각하고 감각하며 생각하지 않으면
의식이 살아있는 것이 아니다.

촉각과 감각과 의식의 차별은
촉각(觸覺)은
감각기능 눈, 귀, 코, 혀, 몸이
접하는 대상을 촉(觸)에 의해 닿음의 의식이며

감각(感覺)은
촉각에 의해 인지되는 감각인
상념(想念)이며

의식(意識)은

촉(觸)에 의해 인지한 그 상념(想念)을
분별하고 판단하며 인식하여 행동하게 하는
마음의 작용이다.

살아 있다는 것은 촉각하며
감각하고 인식하며 그에 대해 분별하고
어떻게 할 것인가를 판단하고 결정하여 행동하는
의식의 작용이 쉼 없는 순간의 이음이
삶의 과정이다.

그 작용을 통해
의식이 경험으로 성장하고
새로운 경험을 통해 배우고 인식하며
자기의 의식과 사고의 세계를 확장하고
다양한 지식과 지혜의 안목으로
삶을 경영하게 된다.

**살아있다는 것은**
**끊임없이 의식의 활동이 이루어짐이며**
**이 작용을 통해 다음 순간, 삶의 방향을 결정하며**
**그렇게 삶을 열어가게 된다.**

삶이 맞닿는 상황 속에
알아야 하는 것에 대한 궁금증과
결정하고 해결해야 하는 숱한 의문을 도출하고
그 상황의 끊임없는 생각과 사유의 이음인

의식의 작용이 이루어진다.

무엇이든 가까이 보면
전체 상황의 인지에 둔감해질 수도 있고,
무엇이든 멀리 보면
명확한 시선의 초점을 확립하지 못할 수도 있다.

무엇이든 어떤 끌림보다
잠시 여유 있는 절제, 사유의 시간이
자신을 돌이키는 좋은 결과를 창출할 수도 있고
가치 있는 품격과 기품을 더하는
자세를 확립할 수도 있다.

삶의 길에는 무엇이든
끊임없이 어떻게 해야 하는 가를 생각하고
끊임없이 선택하고 결정하며
끊임없이 결정한 것에 대해 행동한다.

자신의 행동은
자신이 선택하고 결정해야 하는
순간순간의 이음에 자신을 친밀하게 도와주는
둘 없는 벗이며 분신(分身)이 있으니
그것이 해차(解茶)이다.

잠시 여유의 차(茶)가
해차(解茶)가 되어 근심을 해결하게 하고

결정하지 못하는 혼돈과 방황 속에 길을 열며
감정과 습관에 치우침을 절제로 이끌고
마음이 이끌림을 평정하게 하며
초점이 명확하지 못한 과녁을 뚜렷하게 하고
선택에 현명하지 못함을 현명하게 하며
생각이 부족함을 성숙하게 한다.

이는
차(茶)의 순수 맛과 향의 평안 속에
잠시 여유와 절제의 순간이
자신을 돌아보게 하고, 점검하는 시간이 되어
부족한 생각과 경솔함을 다듬게 하고
감성에 치우친 행동보다
절제된 품격과 기품의 자세를 잃지 않게 한다.

무엇이든
흔한 것은 귀한 것이 될 수가 없고
귀하고 품격과 가치 있음은
자기 절제와 자기를 다잡는 철저한 다스림인
점검이 있었기 때문이다.

무엇이든
자기 다스림이 부족하면
생각이 깊지 못해 가볍고 경솔하며
품격 없는 흔한 물건이 된다.

# 13. 심차(心茶)

삶은
마음의 길이니
변화의 상황 따라 마음이 따르고
마음의 뜻을 따라 변화를 도모하며
마음과 상황을 뜻에 따라 조화롭게 하고자
생각하고 궁리하며 모색하고
지혜를 도모하며 원하는 최선과 최상의 상태를
이루고자 한다.

삶은
항상, 변화의 상황 속에 있으므로
마음은 다양한 감성과 감정과 기쁨과 고뇌 속에
평안과 평화와 행복을 추구하며
그 상황의 마음으로 이끌고자 노력한다.

마음은
언제나 기쁨 속에 있고자 하므로
그에 따른 자기 뜻을 따라 일을 도모하고
사회적 다양한 교류도 하며
홀로 있거나 여럿 있거나 기쁨을 위함은

다를 바가 없다.

**마음은 언제나
평안하고 평화로워야 하며
기쁘고 행복해야 한다.**

그러나
상황이 그렇지 못함은
평안하지 않아 평화로울 수 없으며
기쁘지 않아 행복하지 못하다.

그것은
내적인 요인과 외적인 요인 때문이다.

마음은 평안 하고자 하여도
바람이 불어 원하지 않는 흔들림 때문이며,
바람이 흔듦을 수용하지 못하는
마음 때문이다.

그것은
상황에 따라 다르겠으나
근본적으로 상황의 문제일 수도 있어
누구의 잘못이라 하기에는 따질 수가 없다.

그러나
서로 융화하지 못하는 어긋남에서

발생하게 된다.

**성장하는 나무는**
**바람에 흔들리면서 성장을 하게 된다.**

**나무를 흔드는 바람이 없으면**
**나무는 상황을 극복하는 적응력을 잃는다.**

원하지 않는 바람이어도
그 바람을 통해 삶을 배우고 익히며
자생력을 갖게 하고
세상의 삶을 지탱할 안목과 의지와 힘을
기르게 된다.

자신을 흔드는 바람이 없었다면
세상을 살아가는 안목을 열지 못했고
지혜를 터득하지 못했을 것이다.

아름드리 큰 나무는
세월의 풍파를 겪으며 스스로 극복하였기에
그렇게 아름다운 큰 나무가 된 것이다.

풍파를 극복하지 못한 나무는
벌써 그 존재가 사라져
이 땅에 그 모습이 존재하지 않는다.

# 14. 고차(苦茶)

계절이 춘하추동이 있듯
삶을 살다 보면
삶의 희로애락을 겪으며
싱거운 맛도 있고, 단맛도 있고, 매운맛도 있고
신맛도 있고, 짠맛도 있으며, 쓴맛도 있다.

삶을 살다 보면
촉각으로 느끼는 다양한 맛을
겪게 된다.

삶의 여러 맛을 겪다 보면
그슬리는 맛보다 단맛을 찾게 되고
단맛에 길들이다 보면 단맛에 빠질 수도 있다.

단맛에 끌림이 있어도
단맛이 단지 좋은 것만은 아니다.

모든 맛을 경험하므로
여러 맛을 통해 익숙하게 되고
다양성을 통해 편협함에 치우친 편견을 벗어나

무엇에도 치우침이 없는
초연한 마음의 평정을 찾을 수가 있다.

그중에
갈 길이 끊어져 길이 없는
막연한 막다른 곳에 섰을 때가 있다.

그럴 때는
오히려 당황하면 가든 길을 포기하거나
방황할 수도 있다.

오히려
마음을 차분히 하며 마음의 평정을 찾고,
정신을 흩트리지 않고 마음을 순일하게 하며
동공이 동요됨이 없이 안정되게 한다.

용기와 극복은
말이 아니며, 글이 아니며
자신의 상황을 극복하는 지혜의 실천이 중요하며,
보잘것없는 연약한 모습과 생각을 벗어나
머묾 없이 나를 새롭게 하는 것
그것이 용기이며, 극복의 모습이다.

길은 없으나 삶은 흐르며
길은, 뜻을 가진 의지와 마음에 있을 뿐
처음부터 길이 있었던 것은 아니다.

인연을 따라 길을 만들고
상황을 따라 길을 새롭게 하며
지혜와 용기와 의지의 노력으로 길을 트며
정신의 밝음으로 나를 다스리며 추스르고
헛되지 않도록 조심스레 발을 내디디며
밝음이 명확하면 과감히 순수의 열정을 다하고
길 없는 길에서는 깊이 사유하며
그렇게 길 없는 길을 찾는 지혜의 삶을 살았고,
또, 그렇게 살아야 한다.

만약,
길이 있었다면
나는 남이 만든 그 길을 따라
지혜와 용기도 필요 없이 남이 하는 습관대로
남이 간 흔적의 그 길을 따라
근심 없이 편히 길을 걸었을 수도 있다.

그러나
나의 삶은 나의 길이기에
끊어져 길 없는 길을 트며 가려 하였기에
때 묻음 없는 지금의 순수 정신이 살아
숨을 쉬고 있다.

더듬고
더듬으며 길을 만들어 온 길이라
의식의 여러 빛깔과

정신 촉각의 다양한 맛들을 경험하게 되었다.

이런 다양한 경험이
더듬고 더듬어 없는 길을 만들며
누구에게도 배움 없는 순수 경험으로
촉각하며 감각으로 익힌 경험의 축적이다.

돌아보면
더듬으며 내가 온 길도 끊어져 없다.

길은
누가 만들어 놓은 것이 아니다.

내가 촉각으로 인식하며 사유하고
발 내딛는 그 흔적의 이음이 삶의 길일 뿐
누구나 똑같은 삶의 길일 수는 없다.

지나온 경험으로 길을 알게 되고
더듬어 길을 트는 그 정신 촉각의 경험이
내 삶의 혼(魂)과 정신이 살아 있는 도(道)며
누구도 파괴할 수 없는 무형의 재산이다.

경험이 없는 자가 길을 묻는 것은
막연하여 허망한 물음이며,
더듬으며 길을 트는 자는
더듬는 그 가운데 촉각 속에 자연히 안목이 열려

길을 트게 된다.

더듬는 것은
촉각 속에 길이 끊어져 없으니
촉각에 의지해 더듬고 더듬으며 길을 트게 된다.

더듬는 촉각의 촉수(觸手)
그것이 없으면 길을 일러줘도 더듬을 수가 없다.

왜냐면
미묘하고 섬세하여 길 없는 부사의 경계를
촉각 할 수가 없기 때문이다.

촉각(觸覺)도
경계를 인식할 수 있어야 촉수(觸手)가 생겨나며
촉수가 있어야 부사의사(不思議事)를
촉각 할 수가 있다.

식물의 뿌리가 자라며 땅속을 파고들듯
흙의 감촉을 느낄 수 있는 촉수가 생겨 자라나야
부사의사 영역 세계를 촉각 할 수가 있다.

몸의 촉각은 보이는 사물만 촉각 할 뿐
정신 촉각이 없으면
물질 영역을 벗어난 정신의 부사의사는
촉각 할 수가 없다.

그 과정 중 차(茶)를 마셔도
극복의 맛, 심고(心苦)에 촉각이 끊어져
차(茶)의 맛과 향을 거두어버리니
차(茶)의 맛도 향도 끊어진다.

정신의 촉각이 밝게 깨어나니
몸의 촉각이 사라져
육근(六根)의 촉각과 감각이 끊어졌다.

극복
맛이 쓴 심고(心苦)가 숙성하여
감로(甘露)의 맛이 되니
심고(心苦)일 때는 고차(苦茶)이나,
심명(心明)이니
고차(苦茶)가 두루 밝은 촉각 속에
맛과 향이 밝은 성품에 스미어
감로차(甘露茶)가 된다.

# 15. 문차(問茶)


물음은
다양한 상황에서 자연스레 유발하게 된다.

물음의 성향과 깊이는
일상적이며 일반적인 것으로부터
전문적이며 추상적인 세계에 이르기까지
과학과 철학과 우주에 이르기까지
현실적인 것으로부터 초월에 이르기까지
인간의 탄생과 죽음과 사후에 이르기까지
우주의 존재와 소멸에 이르기까지
천지 만물의 상황과 존재에 이르기까지
물음의 성향과 세계는
무한 과거와 현재와 무한 미래에 이르기까지
유형무형의 모든 존재의 세계를
두루 다 담고 있다.

물음에는 그 이유가 있으니,
궁금해서
꼭, 알고 싶어서
길을 몰라서

선택과 결정을 위해서
자기 발전과 성장을 위해서
해결하지 못해서
무엇이 옳은가를 몰라서
의식을 일깨우기 위해서
무지와 미혹을 벗기 위해서
어떻게 해야 할지를 몰라서
깨달음을 위해서
방황과 혼돈을 벗어나기 위해서 등의
다양한 목적이 있다.

물음을 통해
모르는 지식과 지혜를 얻고
삶의 길을 열며
자신 스스로 해결할 수 없는 것을
물음을 통해 해결하게 되니
물음은 지식과 지혜의 통로이며
자기 개발과 성장의 안목을 여는 통로가 된다.

**선의(善意)의 물음은
곧, 무한 지혜를 여는 길이다.**

그러나
물음이 그냥 예사로 생기는 것이 아니다.

궁금함이 있거나

당면한 상황에 해결할 수 없거나
누구나 알지 못하는 것에 대해 알 수 있는
유일한 창구가 물음이다.

진지한 깊은 물음은
진지한 노력에서 자연스레 유발하게 된다.

물음은
자신의 지금 상황을 벗어날 수 있는
유일한 통로이다.

내가 가진
진지한 물음에 대답해줄 사람이 있음은
자신에게 무한 기쁨이며 행복이다.

왜냐면,
스스로 그 지식과 지혜를 얻는 노력의
삶의 시간과 세월을 단축하고
앞당길 수 있는 길이기 때문이다.

진지하고 간절히 묻고 싶은 것이 있어도
그 물음에 대답해줄 사람이
이 세상에 없는 그러한 물음도 있을 것이다.

그런 상황을 겪으면
밝은 지혜가 얼마나 중요한가를 깊이 자각하며

그 중요성의 가치를 간절히 느끼게 된다.

왜냐면
안목과 지혜를 여는 것은
무지(無知)와 미혹의 어둠을 제거하고 밝히는
밝은 빛이며, 길이기 때문이다.

그렇다고
물음을 아무에게나 묻는 것이 아니다.

아무리
상대가 앎과 지혜가 있다 하여도
상대에 대해 깊은 신뢰의 믿음이 있지 않으면
묻지 않게 된다.

물음도
물음의 종류에 따라 깊이와 차원이 다양하며
삶과 의식의 성장은, 그 처음이 물음으로 비롯하며
물음은 곧, 앎과 지혜의 안목을 여는 길이다.

물음은
무지(無知)와 어리석음을 벗어나는 길이므로
누구나 상황에 따라 모르고 궁금한 것을 물으니
물음은 자신의 앎의 길을 열고
방황과 혼돈의 무지를 벗어나므로
물음이란 중요한 것이다.

왜냐면
물음에 대한 명확한 바른 대답은
곧, 목적한 것에 대한 안목과 정의의 기본이며
어떤 선택과 결정의 기준이 되는
바탕의 시각이 되기 때문이다.

자신이 물음을 묻는 대상에는
두 갈래의 대상이 있으니
하나는 타인(他人)이며
또 하나는, 다름 아닌 자기 자신이다.

물음은
대개 타인에게 묻는 것으로만 알고 있다.

그러나
타인에게 물어 해결되지 않고
타인에게 물어야 할 물음이 아닐 경우도 있다.

진지하게
자신에게 던지는 물음에는
자신이 선택하고 결정하며 해결해야 하는
현명한 선택과 최선의 결과를 도출하기 위한
지혜를 도모하기 위함이다.

또한,
자신이 선택하고 결정하였어도

그것이 진정
현명한 선택과 결정이었는가를 자신에게 되묻는
진지한 점검의 물음이다.

또한, 물음 중에
깨달음을 향해 의정(疑情)을 더하는
물러설 수 없는 진지한 수행자의 물음도 있다.

어떤 물음이든
그 물음이 자신에게 중요하고 가치가 있을 때는
자연히 그 물음이 진지해지고
온 정성과 심혈을 기울인 진지한 태도로
물음을 묻게 된다.

마음 깊은 곳에
진지한 물음을 갖고 있지 않은 사람은
두 종류의 사람이 있으니
자신이 미혹 속에 있는 줄 모르는 사람과
지혜가 두루 밝아 걸림이 없는 사람이다.

마음속에
깊은 물음을 가지고 있는 사람은
자기 성장과 진화를 항상 도모하는 사람이며,
깊은 물음이 없는 사람은
지금의 자신 상황을 벗어나려는 깊은 의지가
없는 사람이다.

진지한 물음은
곧, 지금의 자기 상황을 벗어나는 통로이며
진화를 꿈꾸는 의지를 놓지 않는 길이다.

그 물음이
자신에게 던지는 진지한 물음이든
상대에게 예를 갖추어 묻는 정중한 물음이든
그 순간, 그 찰나에
더불어 차(茶)의 향이 함께한다면
그 물음이 더욱 돋보이고
차(茶)의 향기와 함께 물음이 더욱 깊어져
그 물음의 가치가 더할 것이다.

# 16. 초심차(初心茶)

초심(初心)은
첫 마음가짐이다.

첫 마음가짐이
상황에 따라 다르겠으나
첫 마음가짐을 중요시 생각하는 것은
대체로 자신을 다시 일깨우기 위한 마음가짐으로
어떤 상황이든 자만하거나 타성에 젖으면
초심(初心)으로 돌아가
자신에 대해 다시 초심(初心)을 되새겨 인식하며
초심(初心)을 잃지 않으려고 노력한다.

그 까닭은
초심(初心)의 상태에는
타성에 젖지 않고
진실하고 순수한 마음을 간직하고 있으며
의지와 꿈을 가지고 최선을 다하려는
의지의 마음이기 때문이다.

먼 거리를

달리기를 하는 사람이
출발선에서 결승점에까지 오는 동안에
체력의 한계에 부딪히면서
끊임없이 자신의 시련을 극복하기 위해
초심(初心)을 잃지 않으려고 노력하다.

**무엇이든 초심(初心)을 잃으면**
**상황의 시련에 따라**
**초심(初心)을 잃어 포기할 수도 있다.**

동서남북
삶의 어떤 길이든 시련이 있게 마련이다.

시련을 지혜롭게 수용하고
나약한 생각보다 더 큰 바다의 마음을 가지며
더한 극복의 삶을 산 사람들을 생각하고
의지를 북돋우고 극복의 용기를 더하며
자신이 선택한 그 길이 아니어도
어느 길이든 시련이 있음을 깊이 자각하며
지혜와 현명함을 도모하며 극복해야 한다.

시련과 극복의 경험은
삶에 대한 지혜와 안목을 넓히고
더 큰 일을 감당할 수 있는 역량을 갖게 하며
편협하거나 소극적인 나약한 기질을 벗어나
능동적인 역량의 큰 그릇이 되게 한다.

초심(初心)을 잃지 않는 그 자체가
타성에 젖지 않고 자기의 역량을 향상하게 한다.

초심(初心)을 잃지 않는다고
어떤 일이든 시련이 없는 것이 아니니
초심(初心)을 생각해 의지와 역량을 기르고
더불어 자신의 성장과 발전을 위하며
삶의 향상을 위해 항상 지혜를 도모해야 한다.

의지와 용기만으로 무엇이든 극복할 수 없으니
상황의 해결은 현명한 생각의 판단과
상황을 두루 밝게 아는 안목과
지혜로운 용기와 결단력이 필요하니
초심(初心)으로 좋은 결과를 얻기 위해서는
목적을 위한 끊임없는 관심과 노력이 필요하다.

어떤 상황의 초심(初心)이든
그 초심(初心)에는
자신의 끊임없는 노력과 현명한 생각과
자기 다스림인 의지의 행위와
밝은 지혜의 안목을 요구하게 된다.

왜냐면,
어떤 상황의 초심(初心)이든
그 초심(初心)이 자신과 삶의 향상 길이며
자신이 이룩해야 할 노력의 몫이며

지금의 상황보다 더 나은 결과를 성취해야 하기
때문이다.

**초심(初心)은
첫 마음가짐이지만
어떤 목적한 일의 뿌리의 마음이다.**

초심(初心)을 통해
좋은 결과를 이루었다면
그 좋은 결과는 초심(初心)의 뿌리에서 피어난
결실인 꽃이며 열매이다.

생(生)의 자기 궁극의 절정
끝맺음을 하는 차(茶)의 맛과 향에서
삶에 대한 사유가 깊어져
내 마음과 정신을 다시 다잡게 되니
무심차(無心茶)가
사유의 지각(知覺)을 일깨워
마음을 다잡는 초심차(初心茶)가 된다.

# 17. 하하차(下下茶)

차(茶) 중에도
세월 따라 숙성하여 발효시키는
발효 차(茶)들이 있다.

발효 차(茶)는 세월이 흐를수록 숙성되어
그슬리는 떫고 탁한 맛이 순화되어
깊은 품격의 맛을 창출한다.

사람도 세월 따라
삶의 여러 풍상을 겪다 보면
남을 수용하지 못하는 미숙함이 사라지고
이심전심 남을 이해하고 수용하며
순수 진심의 따뜻한 마음을 가지게 된다.

이는
삶 속에 감각이 무디어진 것이 아니라
남의 아픔도 내 아픔처럼 느껴지고
남의 부족함도 내 부족함을 보는 듯 느껴지는
세월 속에 숙성된 의식의 성숙이 있어서이다.

모든 생각과 행동은
자기 견해의 시각 속에 이루어지는 것이므로
스스로 그 부족함을 되돌아보아도
자기 시각의 한계 때문에 밝게 인지할 수 없다.

왜냐면
그 안목에서는 자기 견해와 시각의 한계를
벗어날 수가 없기 때문이다.

그러나
세월 속에 의식이 성숙하면
지난 시절 자신의 부족함을 되돌아보게 되며
남을 배려하고 생각하지 못한 말과 행동을
자책하게 된다.

무엇이든
깊이 생각하지 못하면 부족함이 있게 마련이며
남을 인식하지 못한 언행에는
자기 다스림이 부족한 경솔함이 있게 마련이다.

세월 따라 숙성이 잘 된 차(茶)는
맛이 미숙함이 없어, 진수한 깊은 맛을 드러내고
숙성이 덜 된 차(茶)일수록
아직 미숙한 그 떫고 탁한 맛을 감출 수가 없다.

사람도

의식이 성숙할수록 자만이나 교만함이 없고
의식의 성숙이 부족할수록 자만과 교만함이 있어
남을 존중하지 않고 가벼이 생각하며
생각 없이 함부로 행동하고도
자신의 행동에 부족한 모습을 인식하지 못한다.

의식이 성숙할수록
마음은 자만이나 교만함이 없어 순수해지고
작은 자각에도 마음 깊이 울림이 있으며
촉각이 살아있고 감각이 깨어 있음을 따라
자신을 일깨우는 사유가 깊어지며
항상 자신을 일깨우는 밝은 정신이 살아있다.

자기 존재의 가치, 삶의 절정을 도출하는
차(茶)의 맛과 향을 촉각하며
나의 존재 가치의 절정을 도출하지 못하는
나의 부족함을 인식하며
하하인(下下人)이 되어 깊은 사유에 들게 된다.

가치의 세계는 무한 열려있다.

궁극을 정한 것도 아니며
도달할 과녁 초점이 있는 것도 아니다.

그러나
항상 나의 부족함을 보는 이 시각이

끝없는 진화를 해야겠다는 무한을 향한 의식을
일깨우게 된다.

나의 부족함을 자각하고 인식하는
깨어있는 이 시선이
무한 열린 세계를 향해 끝없이 상승하게 하고
무한 열린 궁극을 향해 승화하게 하며
지금의 나를 벗어버리는 무한 진화를 하게 한다.

의식이 깨어있고
자각의 시각 동공이 열려 살아있다면
무한을 향해 끝없이 상승할 것이며
무한 열린 궁극을 향해 끝없이 승화할 것이니
지금을 벗어버린 무한 진화를 거듭할 것이다.

그러나
자신이 하하인(下下人)임을 자각하지 못하면
자신이 성장 못 하는 원인의 어리석음인
자만과 교만함이 있어
그것으로는 자신의 껍질을 깨고 나올 수 없으니
자신이 보잘것없는 존재임을 깊이 자각하는
울림의 아픔이 있을 때만이
자신의 어리석은 미혹을 벗기 위해
지옥의 불구덩이도 단박 뛰어들 의지가 솟구쳐
자신의 천한 모습을 벗어버리고
새로운 진화의 생명체가 될 수가 있다.

자만과 교만함이 있으면
자기 스스로 그 부족함을 인식하지 못해도
동공에는 어리석은 눈빛을 감출 수가 없고
하는 행위마다 깊이가 없어 경솔하며
생각마다 그 부족함을 감출 수가 없다.

무엇이든 자만은
자신을 돌아보지 못하는
어리석음이니

스스로 그 어리석음을 깊이 자각하면
마음이 순간에 차분해지며
자신의 언행을 바로 되돌아 점검하게 되고
경솔하고 가치 없는 행동을 자책하며
한마디 말과 행동에 경솔함을 살피게 된다.

하하인(下下人)은
낮고 낮은 사람이 아니라
무한 열린 정신이 깨어있는 사람이다.

누구나 상상인(上上人)인 것처럼
잘난 척은 할 수 있어도
마음 씀이 품격 있고, 행동함이 기품 있는
잘난 사람은 되기 쉽지 않다.

들뜬 마음에 더없이 돋보이고자 하여도
동공의 빛은
그 사람 성품과 품격을 감출 수가 없다.

왜냐면
마음 성품의 기질이
동공으로 항상 그 기질이 흘러나오기 때문이다.

어느 한순간 찰나에
궁극의 삶, 차(茶)의 존재의 가치
절정 극미(極味)를 우려내는
맛과 향에서
우연히 못난 하하인(下下人)을 보게 되면
다시 되돌릴 수 없는 삶의 세월
보잘것없는 허울 속에 어리석게 살았음을
그제야 깨닫게 되리라.

# 18. 향차(香茶)

향기로운 삶을 위해
자신을 다스리고 정신을 맑히며 일깨우고
노력하는 사람들은 많다.

향기로운 삶이란
개인이 생각하는 이상에 따라
다양한 자기 다스림의 삶과 정신의 길이
있을 것이다.

향기로운 삶이란
외향적 드러나고 보이기 위한 삶이 아니라
자신의 삶을 아름답게 하고자
삶을 추구하는바 꿈과 이상을 실현하기 위한
아름다운 마음가짐과 정신의 길이다.

어떤 향기로운 삶이든
각자가 가진 그 길이 다양하고 다름이 있어도
그 의향이 지향하는바 다를 바 없는 공통점은
자신의 가치를 위해 이상을 추구하는 삶과
삶을 헛되이 하지 않겠다는 단연한 결심으로

이상을 향한 자기 다스림의 길이다.

**어떤 길이든 향기로운 삶의 추구에는
자기 절제가 이상을 향한 기본 마음가짐이다.**

절제는
나무의 가지치기와 같으므로
이상을 향한 자기 다스림의 절제가 없다면
원하는 삶의 방향으로 자신을 이끌 수가 없기
때문이다.

절제는
목적한바 이상을 향한 모든 사람은
그 꿈과 이상을 위해 자신을 다스려야 할
첫째 기본 마음가짐이며
자기 다스림의 마음가짐인 기본 덕목이다.

**자신의 꿈과 이상을 향한 사람은
의지가 분명해야 한다.**

의지가 분명하지 않으면
무엇이든 안일하게 생각하게 되고
의지가 단호하지 않으면 원하는 뜻을 벗어난
절제 없는 마음가짐과 행위는
꿈을 상실하게 한다.

꿈과 이상을 추구하고자 하면
꿈을 향해 혼신을 다하는 열정과 끈기가
있어야 한다.

열정과 끈기가 없으면
무엇에든 쉽게 이끌리어 생각이 치우치며
작은 어려움에도 포기하게 되므로
자신 의지의 약한 모습은 되돌아보지 못하고
괜한 트집의 변명과 탓만을 하게 된다.

삶의 길은
자신 의지와 끈기와 열정과 지혜를 바탕으로
매화의 향기처럼
어떤 시련도 극복하며 열어가는
자기 삶의 창조를 위한 무한 추구의 길이다.

차(茶)를 가까이하며
차(茶)를 통해 많은 사유를 하게 된다.

단순,
차(茶)를 즐기는 것에만 치우치지 않고
차(茶)의 가치를 통해 나의 부족함을 일깨우며
나를 항상 새롭게 하고자 노력한다.

살아있다는 것은
단지, 존재의 의미보다

나의 진화를 위해 일깨울 시간이 있음에
비중을 더하게 된다.

나에게 차(茶)는
단순 기호품이 아니라
차(茶)의 가치를 통해 나의 부족함을 일깨우고
향기로운 삶의 길이 무엇인가를 자각하게 하며
말과 글이 없어도 정제된 맛과 향으로
향기로운 삶과 아름다운 정신의 가치를
스스로 느끼고 깨닫게 한다.

차(茶) 한 잔에
성인(聖人)도 말하지 못했고
어떤 경전에도 다 말하지 못한 향기로운 삶이
차(茶) 한 잔의 진실한 진리에 모두 있음을
깨닫게 된다.

# 19. 몽차(夢茶)

삶은
환(幻)과 같고 꿈(夢)과 같다.

그러나
꿈을 깨어나지 않으면
꿈은 꿈이 아니라
존재하는 인식의 현실 세계가 된다.

꿈과 현실의 차이는
꿈은 의식작용의 현상세계이며
현실은 몸의 촉각으로 인지하는 현상인
물질세계이다.

꿈(夢)은
현실이 아닌 꿈이라고 함은
물질 섭리의 세계인 현실에는 불가능한
실체가 없는 환(幻)과 같은 세계이기 때문이다.

그러므로 꿈의 세계는
시간과 공간의 일정한 법칙과 개념을 초월하고

꿈속 현상을 인식하여도
꿈을 깨어나면 사라지는 실체 없는 환(幻)이며
물질세계 법칙으로는 불가능하여 이해할 수 없는
불가사의한 현상세계이기 때문이다.

물질세계를 현실이라고 함은
몸의 촉각과 감각으로 인지함이 분명하고
꿈속 환(幻)과 같이 사라지는 것이 아니며
모든 현상이 일정한 법칙을 따라 작용하는
감각 현실의 세계이기 때문이다.

의식작용이 있는 생명체는
물질적인 몸과 의식작용인 마음이 있으니
물질의 몸과 무형의 마음이 하나를 이루어
몸과 마음이 합일된 작용을 하므로
몸과 마음을 분리하여 생각할 수가 없다.

**마음작용이 없는 몸을 죽은 몸이라고 하며**
**몸 없는 마음작용을 영(靈)이라고 한다.**

몸과 영(靈)이 하나 되어
몸이 마음의 작용을 따르고
마음이 몸의 섬세한 모든 작용을 인식하여
몸과 마음이 둘이 아닌 하나를 이루어 있음이
살아있는 사람이라고 한다.

살아 있다는 말은
육체 본위의 인식이며, 몸에 근원한 말이다.

왜냐면
육체가 아닌 마음의 영성(靈性)은
죽음 없이 항상 작용하며 살아 있기 때문이다.

물질의 세계와
마음의 세계는 서로 차원이 달라
물질은 유형이므로
물질의 섭리인 물리(物理)에 따라 작용하고
변화하며 생멸하고 운행한다.

마음의 세계는
물질을 벗어난 무형의 세계이므로
물질의 법칙과 섭리인
물리(物理)의 세계를 초월한 무형의 세계이다.

그러므로
촉각과 감각 물질세계의 관념으로
무형의 마음 세계를 가늠함은
물질의 사고로 마음을 알려는 것이니
무형인 마음을 물질적 사고로 명확히 분별하거나
가늠할 수가 없다.

물질적 사고로

의식세계의 마음을 가늠하려 해도
마음은 형체가 아니므로
촉각과 감각으로 헤아릴 수가 없어
종잡을 수가 없고 알 수가 없는 환(幻)과 같으며
불가사의한 존재일 뿐이다.

의식이 작용하는
형체 없는 마음의 세계를 알려면
물질을 초월한 마음을 깨달아야 한다.

물질의 세계는
물질의 근본 지혜로 분별하고 살펴야 하며
마음의 세계는
마음의 근본 지혜로 분별하고 살펴야 한다.

**물질 이치의 섭리는 물리(物理)이며**
**마음 이치의 섭리는 성리(性理)이다.**

물리(物理)는
물질이 작용하고 변화하며 관계하는 섭리이다.

성리(性理)는
마음이 작용하고 변화하며 관계하는 섭리이다.

물질적 사고로
무형의 성품 성리(性理)를 알 수가 없으며

성리(性理)는 물질의 근원이라
물리(物理)에까지 두루 통하게 된다.

모든 존재는
그 근원이 다를 바 없고
근원의 성품은 둘이 아니기 때문이다.

촉각과 감각에 의지한 물질적 현실에서 보면
의식작용의 마음 세계는
무형이며 그 작용을 헤아려 알 수 없는
불가사의한 세계일 뿐이다.

그러나
마음의 세계는 밝게 알지 못해도
마음의 작용에 의지해 살아가고
마음의 뜻과 평안을 위해 삶을 도모하며
형체 없어 보이지 않는 마음이어도
삶을 주관하는 주인공이다.

나,
이 주인공을 모른 채
열심히 사는 삶, 그 자체가 환(幻)의 삶이며
환(幻)과 같은 꿈(夢)의 삶이다.

차(茶)를 마셔도
마시는 주인공을 모르니

이 차(茶)가 몽차(夢茶)이며

차(茶)의
맛과 향을 촉각함이 명백하여도
아는 이 주인공을 알 수 없으니 희유하다.

차(茶)를 맛과 향을 향유(享有)하여도
주인공도 모르니
차(茶) 맛도 몽환(夢幻)이고
차(茶) 향도 몽환(夢幻)이며
차(茶)를 마시는
나도 몽환인(夢幻人)이다.

몽중(夢中)
몽환(夢幻) 속에 몽차(夢茶)를 마시고
몽중인(夢中人)이
몽차(夢茶) 몽환(夢幻)의 맛과 향을 촉각 하니
더욱더 알 수 없는
환(幻) 속의
몽중인(夢中人)이다.

# 20. 공차(空茶)

차(茶)를 마실 때는
마음을 허공과 같이 텅 비운
공심(空心)에 따라
차(茶)의 맛과 향을 촉각 하는 감각이
더욱 새로울 수가 있다.

내가 차(茶)에 머무는 것도 아니며
맛과 향이 나에게 머무는 것도 아니다.

차(茶)는
자기 존재의 특성인 빛깔과 맛과 향으로
자기 존재의 성품을 드러내고

나는
그 존재를 수용하고
그 존재의 맛과 향이 녹아 있는 차의 빛깔과
그 빛깔에 녹아 있는 맛과 향의 진실을 느끼며
그 차(茶)의 존재적 삶이 승화한
가치에 대해 사유하게 된다.

차(茶)와 나는
서로 다른 존재와 존재의 만남이다.

차(茶)는
자기 존재의 참모습
아낌없는 실상을 드러내는 내가 있어
그 삶의 가치가 헛되지 않고

나는
그 존재 가치의 결정체 실상을 보며
내가 어떻게 살아야 하는가를 느끼게 하고
말과 글이 없는 참모습
자기 존재의 가치 실상으로 나를 깨우치니
나 또한 말없이 느끼는 바가 있어
존재의 가치에 대해 깊이 생각하게 된다.

배움에는
말과 글이 있어야만 배우는 것이 아니다.

말 없고 글 없어도 의식이 깨어있으면
무엇이든 상황에 따라
스스로 자각하며 깨우치게 된다.

존재와 존재의 만남이
서로 가치가 있고
만남이 헛되지 않는다면 좋은 인연이다.

세상의 삶도
삶의 결정체 자기 가치를 드러낼 곳 없고
자기 가치가 쓰임새 없이 헛된 다면
서글픈 삶이다.

그러나
삶의 결정체 자기 가치를 알아주고
그 가치를 인정하고 수용하는
상대가 있으므로 자기 가치가 헛되지 않음이
기쁨이며 행복이다.

**존재의 삶에는**
**쓰일 곳 없는 존재는**
**존재의 의미와 가치를 상실하게 된다.**

인정받고 싶어 인정받고자 함이 아니라
자신의 존재가 쓰임이 있고
존재의 의미와 가치가 상대가 인정하고 수용하며
그 가치가 활용될 때
진정한 삶의 의미와 가치는 그 속에 있다.

보석은
그 보석의 가치를 아는 자에게만
보석일 뿐이다.

그러나 그 가치를 모르면

보석도 하나의 돌멩이일 뿐이다.

가치도
체(體)의 가치와
용(用)의 가치가 있으니
체(體) 자체의 가치는
남이 알아주지 않아도 보석은 돌멩이가 아니라
보석이다.

용(用)인 활용의 가치는
남이 보석임을 알아 보석으로 활용이 될 때만
보석은 단순 돌멩이가 아니라
품격 있는 보석의 가치를 가지게 된다.

쓰임새에 따라 활용의 가치에 달라지니
꽃의 쓰임새도
보이지 않는 귀퉁이 화분에 있는 꽃과
거실에 단정히 있는 꽃과
만인이 모이는 곳에 조명을 받으며 있는 꽃의
가치가 다르다.

어떤 존재이든
존재 그 자체는 귀하고 천함이 없겠으나
관계 속에 그 존재의 역할이 중요하며
그 역할의 가치와 중요성에 따라
그 존재의 사회적 가치를 가지게 된다.

그러므로
자기 가치를 위해 노력하는 것은
무엇을 떠나 자기 자신을 위해서도 중요하지만
사회적 가치를 위해서도 중요하다.

소금이 짜므로 소금이 필요하고 중요하지만
소금이 짜지 않으면 소금의 가치를 잃어
소금이 필요하지 않다.

설탕이 달므로 설탕이 필요하고 중요하지만
설탕이 달지 않으면 설탕의 가치를 잃어
설탕이 필요하지 않다.

무엇이든 자기 쓰임의 특성이 없으면
자기 특성을 따라 존재의 의미와 가치를
가질 곳이 없다.

차(茶)도
자신의 독특한 맛과 향의 특성이 있기에
그 자체가 자신의 가치가 되어 쓰임새가 있으며
그 쓰임의 가치를 상실하면 존재 가치의 의미를
잃게 된다.

또한, 그 가치가 인정받고 인정해줄 때에
그 존재 의미가 있고 가치 있는 존재가 된다.

자기 가치를 인정하고 수용하는
상대가 있는 것, 그 자체가
가치를 향한 삶이 헛되지 않음이다.

마음을 허공처럼 텅 비우고
세상을 바라보면
자신의 존재가 그 가치의 도움 속에 살아가며
그 가치의 세계에 의지해 숨을 쉬고 있음을
깨닫게 된다.

그것을 인식하는 순수 자각의 깊이에 따라
자기 가치를 위해 노력하게 되니
노력한 가치의 능력에 따라
더불어 이로운 삶을 살 수가 있기 때문이다.

무심한 공심(空心)으로
차(茶)를 마시니
차(茶)의 존재도 공차(空茶)가 되어
맛의 존재도 불가사의이며
향의 존재도 불가사의이다.

공인(空人)이
공차(空茶)를 마시니
맛도 공(空)하고 향도 공(空)하다.

# 21. 환차(幻茶)


삶이
환(幻)임을 깨닫는 것은
늙음이 짙어
삶이 깊어졌을 때 느끼게 된다.

삶은 덧없고
환(幻)과 같음은
문득, 세월이 한순간처럼 젊음이 사라지고
어느새 늙어 죽음이 가까워졌음을 느낄 때이다.

철없어
삶에 대해 아무것도 모르는
동화 같은 그리운 어린 시절도 있었고

삶이
끝없이 펼쳐짐을 생각하며
가슴에 부푼 꿈과 희망을 품고 노력했든
꿈에 젖은 젊은 시절도 있었고

삶의 순간순간

시련과 아픔과 고통을 느끼며
그 순간 어찌할 바를 모르는 삶의 냉혹함을
느끼는 순간들도 있었고

지난 시간 속에
티끌 없는 맑은 마음으로 웃고 떠들며
인생에 경험도 없는 풋내기들이 삶을 논하던
가슴에 남아 있는 보고픈 벗들도 있고

아픈 기억 속에
세상은 이런 것임을 혹독하게 깨닫게 해준
사람도 멍울처럼 가슴 속 기억에
남아 있다.

이제 늙음이 짙어
죽음이 멀지 않은 곳에 있음을 느끼니
삶의 모두를 내려놓은 초연한 마음이 되어
삶은 환(幻)과 같음을 느낄 뿐이다.

늙음이 주는 가치는
가슴에 감정과 삶의 꿈까지 비워버려
초연한 눈망울로 세상 삶을 바라볼 수 있는
허허로운 마음의 시각이 아닐까?!

차(茶)의 맛이
혀의 촉각에 잠시 은은히 머물다 사라지고,

차(茶)의 향기가
코의 감각에 잠시 향긋이 스치고 지나가는
차(茶)의 맛과 향이 환(幻)이듯

나 또한
환(幻)처럼 왔다
잠시 머문 차(茶)의 맛과 향처럼 흔적 없이
사라지리라.

# 22. 일심차(一心茶)

차(茶) 한 잔에도
정성이 깃들어야 한다.

차(茶)의 종류에 따라
우려내는 다양한 방법이 있음은
차(茶)의 맛을 최상의 상태로 만들기 위해서다.

차(茶)뿐만 아니라
세상사 무엇 하나 그 의미를 부여하며
정성을 쏟는 것만큼 그만한 가치가 담겨 있다.

무엇이든
작은 것이라도 모이고 쌓이면
몸에 익어 고치기 어려운 습관이 될 수도 있다.

마음을 씀에는 상황에 따라
예사로이 생각하고 대충 하는 것이 있어도
세상 만물 어느 것 하나 대충이라는 것이 없다.

무엇이든 생각이 깊지 못하면

부족함이 있게 마련이며
그 부족함이 자신의 모습이 될 수도 있다.

무엇이든 한 번 더 깊이 생각할수록
자신의 경솔함이나 부족함을 더 제거할 수 있고
어떤 상황에도 사려 깊은 시각을 가질 수도 있으며
자신의 품격과 가치를 손상하지 않는 모습으로
더욱 향상할 수가 있다.

생각은 상황에 따라 적당히
또는 일의 경중에 따라 대충할 것이 있어도
자신의 삶은 정성과 최선을 다해야 하며
적당히 또는, 대충할 수가 없다.

무엇이든
좋은 것은 배우고 익히려 노력해야 하며
나쁜 것은 묵은 습관이라도 고치려 노력해야 한다.

누구든 안목이 열린 만큼
자신을 다스리며 성장을 도모하게 되고
세상사 자신의 가치와 품격은
스스로 노력한 것만큼 돋보이게 된다.

일심(一心)은
정성이며, 최선이며, 최상을 향한
지극한 마음이다.

차(茶), 한 잔에도
지극한 일심(一心)의 차(茶)가 되게 함은
그 모습에도 내 삶의 정신이 고스란히 녹아
담겨 있기 때문이다.

# 23. 절정차(絕頂茶)

절정(絕頂)은
꽃이 완전히 핀 모습이다.

절정(絕頂)에 이르기 전에는
꽃의 모습이 풍성하거나 완숙하지 못하여
성숙함에 부족함이 있다.

그 꽃이 무슨 꽃이든
꽃이 완전히 핀
완연한 절정(絕頂)의 모습이 있다.

꽃의 모습이 어떠하든
꽃 스스로는
자아(自我) 최상의 가치이며
혼신을 다한 자기 성품 최상의 결과이다.

모든 존재는
자기 최상의 가치를 도출하고자 노력한다.

사람에게도

이러한 심리의 작용이 있기에
자기 최상의 가치를 위해 노력하며
자기 최상의 품격을 드러내고자 노력한다.

그러한 심리의 작용은
차별 속에 더 나은 길을 선택하게 되고
시선은 더 가치 있는 것에 마음이 이끌리게 되며
생각은 지금보다 더 높은 곳을 향하게 되고
미래를 향한 꿈은
지금의 상황을 벗어나는 것에 취중 하게 된다.

이러한 심리는
항상 스스로 부족함을 느끼는
충족하지 못함에 대한 심리작용이며
자기 최상의 가치 절정을 도출하고자 하는
이상(理想) 심리 의지의 발현이다.

뜻은 그러하여도
모든 존재의 성품에는 그 특성의 한계가 있다.

그러므로
스스로 한계점을 벗어나기 전에는
절정(絕頂)은 자기 한계의 극점(極點)이다.

만물 중에
의식이 밝게 깨어있는 인간은

자신의 한계 그 극점(極點)을 벗어나
끝없는 무한 열린 세계를 향해
자기 가치의 이상(理想)을 도출하고자 한다.

사람에 따라
유한(有限) 꿈을 가진 사람도 있으며
무한(無限) 꿈을 가진 사람도 있다.

차(茶)의 맛과 향에서
각각 그들 절정(絶頂)의 맛과 향을 촉각하며
내가 향한 꿈의 절정(絶頂)은 무엇인가를
사유하게 된다.

각각 다른
차(茶)의 절정(絶頂)의 맛과 향에서
나의 절정(絶頂)의 결과는
어느 차(茶)의 맛과 향 속에 있는지를
생각하게 되고,

**내가 추구하는**
**나의 무한 절정(絶頂)의 가치와 결과에 대해**
**무엇인가를 사유하게 된다.**

각각
차(茶)의 자아(自我)
궁극을 드러내는 절정(絕頂)의 맛과 향은
유한(有限)이어도

차(茶)
자아(自我)의 극미(極味)
유한(有限) 절정(絕頂)의 맛과 향은
아직 절정(絕頂)을 모르는 심혼(心魂)에
무한(無限)
절정(絕頂)을 향한 꿈을 갖게 한다.

# 24. 선차(善茶)

어떤 상황이든
또한, 누구이든 차별 없이 이롭게 하며
항상 그 자리에 이로움을 주는
선(善)의 가치를 가진 것이 있으니
그것이 차(茶)이다.

어떤 상황이어도
그 자리에 유익함을 더하며
상황에 따라 적절한 이로움을 주는
소중한 차(茶)의 역할과 가치를 생각하며
선(善)이란 이런 것이 아닐까
생각하게 한다.

선(善)에 대한 이론과 정의는
다양한 상황과 차원에 따라 차별이 있으며
선(善)의 역할과 영역은
상황에 따라 무한히 확장되어
그 끝을 가늠할 수가 없다.

그러나

어떤 논리를 떠나 항상 이롭게 하며
일상 속에 맛과 멋과
삶의 향취를 더하는 차(茶)가
뭇 선(善)이 돋보이는 아름다운 본보기며
귀감이 아닐까 생각하게 된다.

삶 속에 차(茶)는
다양한 정신적 이로운 도움을 주며
심리적 안정과 삶의 이로운 가치와 역할은
헤아릴 수가 없다.

차(茶)의 역할은
삶 속에 정서적 안정감도 주지만
차(茶) 생활이 삶의 멋과
고품격 정신의 자세를 갖도록 하는
매체가 되기도 한다.

차(茶)에 대한 찬사(讚辭)는
무슨 말을 해도 부족함이 없으나
차(茶)에 대한 감사는
차(茶)와의 순수 교감 속에 이루어지는
그 순간 순수 평온의 안정과 기쁨이
온몸으로 느껴지는 행복이다.

사람들은 행복이
눈물이 날 정도여야 그것이 행복이며

가슴에 기쁨이 솟구쳐 어찌할 바를 모르는
그것이 행복이라고 생각할지는 모르나
행복에는 그런 것도 있겠으나
무한 평온을 느끼는 순수 그 순간이
생명의 기쁨이며 행복이다.

특별한 기쁨과 행복은
잠시 옷깃을 흔드는 지나가는 바람이며
그러한 바람이 없어도 항상 평온한 그것이
생명의 기쁨이며 행복이다.

파도의 물길이 아무리 높아도
한순간의 모습이며
잔잔한 일상 평온의 바닷물은
격정의 파도가 없어도 그대로 평온이다.

무엇이든
특별한 기쁨과 행복을 추구해도
그것은 순간 스치는 바람일 뿐 항상 할 수 없고
일상의 평온이 행복임을 아는 것은
항상 감사한 그 자체가 행복함을 느끼는
순수의 일상이기 때문이다.

일상이
그대로 감사한 행복임을 모르면
욕구에 의식이 얽매인

삶의 아픔 속에 있기 때문이다.

일상이 그대로 감사임을 느끼게 되면
생명의 감사를 느끼게 되고
촉각하고 감각하며 깨어있는 삶 그대로가
생명의 감사임을 자각하게 된다.

만약,
촉각을 상실하고
감각을 잃어버리며
정신이 깨어있는 삶이 사라지면
모든 것을 상실하게 된다.

**깨어 있는 삶**
**그 자체가 무한 감사이며 무한 축복이다.**

아름다운 꽃도
그 아름다운 꽃을 피우기 위해
비바람 추위도 견디는
모진 시간의 세월이 있었는데

정신이 밝은 만물 영장의 삶에
어찌 그 아름다운 꽃보다 아픔이 덜하겠느냐마는
그 아픔이 정신을 깨어나게 하고
삶의 촉각을 살아있게 한다.

그 아픔이 없으면
어찌, 만물 영장의 촉각과 감각을 가진
삶에 대해 깨어난 정신과 의식을
밝게 가질 수 있었을까?! 의문이다.

지금도 아픔이 있기에
아직 잠자는 무딘 의식의 촉각이 깨어나고
고뇌가 정신을 살아있게 하므로
천지 만물 운행자의 정성스런 근심과 고뇌를
엿보게 된다.

고뇌가 없으면 아버지가 아니며
근심이 없으면 어머니가 아님이니
가슴에 한 생명이라도 넣고 사는 사람은
고뇌와 근심의 시간이
오직 자신이 살아있는 순간임을 자각하며

**진정한 사랑은 행복이 아니라**
**희생과 봉사임을 삶을 통해 배우며**
**자각하게 된다.**

사랑은
선차(善茶)와 같은 가치의 삶이니
다들 무심히 즐기는 차(茶)라도
선차(善茶)의 철학에는
무한 사랑과 베풂의 자아의 길이 있으니

삶은 이렇게 살아야 함을 느끼게 되고
깨닫게 한다.

자신의 가치와 품격을 잃지 않고
항상 최상의 가치를 도출하며
자기의 독특한 정체성인 맛과 향으로
물처럼 융화되어 이로움을 주며
향기처럼 혼을 일깨우는
무한 사랑과 순수 베풂의 길인
숭고한 가치의 삶이다.

**그것이**
**그 길이, 선차(善茶)의 길이며**
**삶이다.**

# 25. 학차(學茶)와 각차(覺茶)

삶의 지식과 지혜를 열고
물질적 정신적 다양한 세계를 터득하며
안목을 넓히는 과정에는
학(學)과 각(覺)의 세계가 있다.

학(學)은
외부의 것을 수용하는 것으로
배우고 익히며 앎을 터득하는 것으로써
나를 일깨우는 것이며

각(覺)은
심리나 정신적 내부의 자각 현상의 작용이니
자신이 새롭게 변화하는 선의적 의식의 자각과
새로운 지각(知覺)을 여는 깨우침의 세계이다.

학(學)을 통해
외부의 다양한 지식을 수용하고 터득하며 익히고,
각(覺)을 통해
자각의 깨우침으로 의식과 견해를 성장하게 하고
무엇이든 밝게 보는 안목을 갖게 된다.

**학(學)은 앎의 지식을 넓히며**
**각(覺)은 이치를 보는 지혜를 밝게 한다.**

학(學)이 깊어지고 더불어 사유가 깊어지면
우연히 학(學)에 대한 깨우침을 열게 되니
깨우침을 통해 터득한 안목의 지혜는
학(學)을 넘어선 식견을 갖게 한다.

세상사 무엇이든
모두 학(學)과 각(覺)의 세계가 있겠지만
차(茶)의 세계도
또한, 학(學)과 각(覺)의 세계가 있다.

학(學)은
차(茶)의 세계에 대해 다양하게 배우며
정갈한 몸가짐 하나와 행위에서도
자신을 일깨우고 다스리는 배움의 모든 것이
학차(學茶)의 세계이다.

**각차(覺茶)는**
**자연의 섭리와 순리를 따르는**
**차(茶)의 생활은**

물과 불과 차(茶)의 활용에서
자연스런 상생과 순수 조화의 자연 섭리를
깨우치고 터득하므로

의식과 정신은 학(學)의 세계를 넘어
차(茶)를 매개로 하여
차(茶)를 통한 자연의 이치와 섭리를 깨우치는
각차(覺茶)의 세계를 열게 된다.

도(道)는
인위적인 것이 아니라
자연의 순수 섭리 그 자체이므로
차(茶)를 통해 그 섭리의 깨우침을 열게 되고

예(禮)는 인위적이어도
자연의 섭리와 순리에 순응하는
지극히 아름다운 지성(知性)과 정신이 승화한
정신세계임을 터득하게 된다.

**학(學)은**
**나를 일깨우므로**
**그 앎을 통해 아름다운 삶을 살 수 있도록 하고,**

**각(覺)은**
**내가 깨우치므로**
**그 지혜를 통해 아름다운 밝은 정신을**
**가질 수가 있다.**

학(學)은 각(覺)의 동기부여가 되고
각(覺)은 학(學)의 무한 승화하여 피어난
지혜의 꽃이다.

# 26. 요요차(了了茶)

삶은
배우고, 경험하며, 깨닫고
안목을 여는 것은
성장하는 나무와 같아
바람과 비를 맞으며 피부로 느끼고
밤과 낮, 추위와 더위를 몸으로 느끼며
춘하추동 변화의 흐름을 겪는 세월이 쌓이므로
부족한 생각과 안목도 점차 성장하고
세상을 인식하고 바라보는 시각도
성장하며 확장하게 된다.

삶은 경험 속에 터득하고
몰랐던 부분을 체험 속에 깨달으며
자각을 통해 인식과 사고가 성장 변화하므로
어제의 미숙한 점이 개선되고
오늘의 밝은 안목과 시각으로 성장하게 된다.

그렇게
삶은 경험하며 익어가고
세월의 흐름 따라 다양한 경험을 축적하며

점차 생각이 성숙하고 의식이 밝아지며
큰 나무로 성장하게 된다.

삶의 어떤 길이든
경험이 쌓일수록 인식과 사고가 달라짐은
새로운 경험도 있겠으나
다양한 상황을 접하는 경험을 통해
피부로 느끼는 자각이 자기의식을 일깨워
눈을 뜨게 하였기 때문이다.

그러므로
경험이 쌓일수록
무엇이든, 또는 어떤 상황이든
미숙함이나 부족함을 제거하고자
예사로이 생각하지 않으므로 살피게 되고
무엇이든 좋은 결과를 위해 방심하지 않으므로
생각이 치밀하며 미연에 실수가 없도록
노력하게 된다.

그러나 무엇이든 인식하지 못하면
예사로이 생각해 방심하게 되며
생각이 그기에까지 미치지 못하는 것은
아직, 경험이 부족하거나
시각이 미쳐 그기에까지 예상치 못한
안목 때문이다.

삶의 과정은
일상의 삶이나 뜻한 바의 일에
어떤 상황이든 대처하고 문제점을 해결하며
경험과 지혜를 도모하여
상황을 나은 방향으로 전환하고
뜻한 바를 따라 이로운 결과를 창출하기 위해
노력하며, 최선을 다하는 길이다.

삶의 길은
멈춤 없는 자기 개발과 발전을 요하는
상황에 항상 맞닿게 되므로
자기 성장을 위한 자기 개선의 노력이
끊임없어야 한다.

생각하는 의식과 뜻한 바의 정신과
상황을 분별하는 안목이 성장하지 않으면
삶과 세상을 보는 안목과 성장 시각이 멈추므로
자기 성장을 위한 삶의 보람과 가치를
잃게 된다.

삶을 살아보면
삶의 다양한 상황을 경험하고 느끼며
그를 통해 깨닫고 자기 변화를 추구하며
세월이 쌓임을 따라 경험도 쌓여 더 깨달아도
항상 안목이 부족함이 있다.

자신의 부족한 안목을 일깨우기 위해
나무가 마디를 더 만들며 세월 따라 성장하듯
끊임없는 상황 속에 자각과 깨달음을 통해
안목이 더욱 성장하게 된다.

삶의 시각은
항상 깨닫고 발전하며 성장을 해도
상황에 따라 부족함이 있으며
안목이 깊어져도 더 깨달을 것이 있음을
자각하게 된다.

삶의 지혜 또한
끊임없는 자각으로 발전하며 성장하고
앎을 더하며 깨달아도 부족함이 있음을 인식하며
상황에 따라 더 없는 자기 성장을 요하는
부분이 있다.

삶의 과정은 맞닥뜨리는 상황을 따라 느끼며
자각하고 깨달아도, 더불어 그 시야는
더욱 확장된 영역의 세계를 인식하게 되므로
또한, 더 깨달음의 추구를 요하는
무한 성장의 과정이다.

**요요(了了)란**
**깨닫고 또, 깨달음이다.**

삶을 느끼며 깨닫고 자각하며
더불어 차(茶)를 마시고 사유하여도
차(茶)는 항상
그 상황에 따라 그에 상응한 자각과 느낌으로
상응한 조화의 이로움을 준다.

항상
자각과 깨달음은 언제나 같을 수 없고
상황과 세월의 깊이에 따라 서로 다름이어도
차(茶)는 요요차(了了茶)가 되어
항상 그 차별의 상황에 상응한 느낌과
자각으로 일깨우니

의식과 정신의 차별 차원을 따라
차(茶)는
요요차(了了茶)가 되어
깊이를 달리한 그 정신을 조화롭게 일깨우며
이롭게 한다.

# 27. 시차(時茶)

시(時)는
자연 섭리의 흐름이며
우주 만물이 인연한 상황의 변화이며
현재가 머물러 있지 않은 상황의 흐름과
관계의 변화이다.

시(時)가 없으면
무엇이든 존재할 수가 없으며
모든 존재의 현상은 시(時) 속에 생겨나고
시(時) 속에 변화하며
시(時)의 변화 속에 삶을 살아가고 있다.

작은 꽃망울이 맺힘도 시(時)이며
꽃잎이 완전히 활짝 피어나는 것도 시(時)이며
꽃잎이 시들어 떨어지는 것도 시(時)이다.

만물의 현상 그 모습이
머물러 있지 않은 멈춤 없는 변화의 현상이
곧, 시(時)의 모습이다.

해가 뜨고
세상이 밝아지며
모든 생명체가 일상의 삶을 사는 그 자체가
변화하는 시(時)의 모습이며
시(時)의 현상이다.

시(時)는
곧, 존재의 현상이며
만물이 흐르는 우주의 섭리이며
찰나에도 머물러 있지 않은 상황의 변화와
관계 변화의 모습이다.

**모든 현상은**
**시(時)의 흐름 속에 있으므로**
**시(時)의 흐름을 따라 현상은 변화한다.**

시(時)는
현상이 변화하는 그 자체를 일컬음이며
시(時)는 머물러 있지 않음이니
곧, 모든 현상이 머물러 있지 않음을
일컬음이다.

현상 변화의 흐름 상황에는
시(時)의 흐름이
개체의 상태에 따라 성장과 발전도 있겠으나
쇠퇴와 소멸도 있다.

무엇이든 변화에는
목적에 따라 그에 상응한 적절한 시기와
최상 조건의 상황이 있다.

어떤 것이든 그 적절함을 잘 알아
뜻에 따라 그 적절함을 잘 활용하는 것이
삶의 지혜이며 현명함이다.

차(茶)의 활용에도
차(茶)의 종류에 따라 적절한 시기가 있으니
시(時)의 흐름이 차(茶)에도 중요하다.

무엇이든
개체의 상태에 따라 시(時)가 흐를수록
가치가 더하는 것이 있는가 하면
시간이 흐를수록 가치를 상실하는 것이 있다.

숙성시키는 발효 차(茶)들은
시간이 흐를수록 그 맛과 가치가 더할 수 있어도
숙성시키지 않고 바로 활용하는 차(茶)들은
시간이 흐를수록 차(茶)의 맛이 퇴색하므로
가치가 떨어질 수도 있다.

세상과 만물은 변화하며
그 변화의 지혜를 터득하여 잘 활용하는 것이
삶의 지혜이며, 지혜로운 사람이다.

지금,
보고 듣고 촉각 하는 이 모든 현상이
시(時)의 현상 아닌 것이 없다.

시(時)는
현상이 머묾 없는 변화의 섭리 속에 있는
이 순간의 모습이다.

나의 모습도
이 시(時)의 흐름 속에 존재하고
시(時)의 현상 속에 삶을 살아가며
만물이 흐르는 이 시(時)의 섭리를 따라
나의 존재도 흐르고 있다.

지금,
이 차(茶)의 맛과 향도
머묾 없는 흐름의 섭리 속에 존재하는 현상인
곧, 시차(時茶)이며, 시미(時味)이며
시향(時香)이다.

# 28. 극차(極茶)

극(極)은
궁극, 지극, 절정, 무한, 한계, 끝 등의
뜻이 있다.

극(極)에는
두 성품이 있으니
무극(無極)과 유극(有極)이다.

**무극(無極)은**
**유극(有極)의 근원 본 성품이며**
**유극(有極)은 존재 극(極)이다.**

존재 극(極)이란
존재의 결정(結定) 그 자체를 일컬음이다.

**유극(有極)에는**
**3종(三種)의 극(極)이 있으니**
**체극(體極)과 상극(相極)과 용극(用極)이다.**

체극(體極)은

존재의 결정(結定) 실체(實體)이며

상극(相極)은
존재의 결정(結定) 형태와 모습이며

용극(用極)은
존재의 결정(結定) 작용이다.

유극(有極)은
존재의 결정(結定)이니
존재의 결정(結定) 그 자체에는
체극(體極), 상극(相極), 용극(用極)인
존재의 결정 체(體), 상(相), 용(用)이 있다.

존재의 결정(結定)
체극(體極), 상극(相極), 용극(用極)은
존재 인성(因性) 작용에 의한
존재의 결정성(結定性)이다.

존재 결정(結定)은
존재의 유(有)이어도
촉각과 감각으로 인지할 수 있기 전(前)의
존재 유극(有極)의 세계이므로
감각으로 인지하는 유(有)와 무(無)의 세계를
벗어나 있다.

왜냐면
존재 결정(結定)이 유극(有極)이므로
무(無)가 아니며

그러나
촉각과 감각으로 인지할 수 없으니
존재이어도 인지하는 유(有)라고 할 수가 없다.

그러므로
촉각으로 존재를 인식하고 인지하지 못함은
존재의 결정(結定)과는 관계없는
객관적 인지의 관점이며,
존재 결정(結定)의 유극(有極)이면
존재인 유(有)이다.

존재 결정(結定)
유극(有極)이 성장하고 변화하여도
존재의 결정(結定) 유극(有極)의
체극(體極), 상극(相極), 용극(用極)을 벗어나지
않는다.

그러므로
모든 존재는 체(體), 상(相), 용(用)으로
그 존재 결정(結定) 극(極)의 성품 실체와
형태와 작용을 하게 된다.

무극(無極)은
존재의 결정(結定) 극(極)이 생성되기
그 전(前)의 상태이니
무극(無極)이란 유극(有極)이 결정(結定)되기
전(前) 무극(無極)의 성품이다.

**무극(無極)은**
**유극(有極)이 결정(結定)되기 전(前) 성품이므로**
**단순 일러 성(性)이라고 한다.**

성(性)은
어떤 결정성(結定性)을 이룰 수 있는
무한 무궁 결정(結定)의 가능성을 지닌
성품이다.

무극(無極)은
무(無)도 아님은
무(無)는 유극(有極)에 속한 관념과 인식과
성질의 것이기 때문이다.

그러므로
무극(無極)은 유(有)와 무(無)의 세계를
초월한 성품으로
어떤 관념과 유무의 세계에도 예속되지 않는
성품이다.

이는
유위(有爲)와 무위(無爲)도 초월한 성품이다.

유위(有爲)는 유극(有極)이며
무위(無爲)는 유(有)와 무(無)를 벗어난
중극(中極)이며
중극(中極)을 벗어나면 진무극(眞無極)에
들게 된다.

진무극(眞無極)에 들지 못하면
중극(中極)인 중무극(中無極)을
무극(無極)의 진무극(眞無極)으로 인식할 수도
있다.

유극(有極)의 유위(有爲)를 벗어나고
중극(中極)의 무위(無爲)
중무극(中無極)의 무극(無極)을 벗어나면
진무극(眞無極)을 깨닫게 된다.

차(茶)의 맛과 향에도
유극(有極) 유위(有爲)의 맛과 향도 있고
중극(中極) 무위(無爲)의 맛과 향도 있으며
무극(無極) 진성(眞性)의 맛과 향도 있으니

마음과 의식이
열린 극(極)의 차원에 따라

차(茶)는 일미(一味) 일향(一香)이어도
차인(茶人)의 의식이 무한 열린
심(心)의 극(極)에 따라
그 느낌과 경계가 다를 수도 있다.

# 29. 능화차(能和茶)

능화(能和)는
능히 부족함이 없이 온전히 화합하여
융화(融和)의 아름다운 조화(調和)를 이룸을
일컬음이다.

서로
능화(能和)의 온전한 상생(相生)과
아름다운 지극한 모습 융화(融和)의 세상이면
누구에게나 기쁨과 행복한 삶의 세상이
될 것이다.

**서로
하나의 완전한 조화(調和)를 이룬 것이
능화(能和)의 세상이다.**

서로 수용하지 못함이 벽이 되어
서로 부딪히므로 상생과 조화가 어긋나며
서로 갈등의 관계가 형성하게 된다.

능화(能和)는

이성(理性)이 밝게 깨어있고
이성(理性)을 바탕 한 수용감성(受用感性)이
열려 있어야 가능하다.

이는
정신이 무한 깨어있고
마음이 무한 열려있어야 가능하게 된다.

자기의 옳고 그름의 주관이나
자기 생각이 남을 수용 못 하도록 굳어 있으면
능화(能和)는 되지 않는다.

**능화(能和)는**
**허공이 만물을 수용하고**
**땅이 만물을 기르는 그 자체가 능화(能和)이다.**

능화(能和)는
자신을 우선한 어떤 생각보다
상대를 수용하는 열린 마음의 지성(知性)과
감성(感性)이 있어야 한다.

남을 수용하는 것도
높은 이성(理性)의 마음이 깨어나야 하며
그에 따른 지성(知性)과
감성(感性)이 열려 있어야 가능한 것이다.

능화(能和)는
이성(理性)과 지성(知性)과 감성(感性)이
열린 융화(融和)와 조화(調和)의 작용이다.

이성(理性)은
선(善)과 악(惡)을 벗어난
순수 본성의 밝음으로
모든 만물과 우주 운행의 기본 섭리와 질서에
두루 통하는 절대 성품의 정의(正義)이다.

이성(理性)은
선과 악을 앞선 마음으로
생명 본성의 마음 성품이다.

이성(理性)은
절대 융화(融和)와 절대 상생(相生)과
절대 평정(平正)과 절대 조화(調和)의
안정(安定)과 평화를 벗어나면 어긋나는
자연 본연성(本然性)의 성품으로
선과 악을 초월한 앞선 마음이다.

이 이성(理性)은
생각 이전(以前)의 생명 본성에 의한
자연 본연성에서 유발(誘發)하는 성품이니
인위적으로 일어나는 것이 아니며
순수 자연 발생적인 절대 정의(正義)의

순수 마음 성품이다.

**선과 악, 모든 것을 초월한**
**순수 정(情)이**
**이성(理性)의 정(情)에 속한다.**

이성(理性)은
선과 악을 초월하여
순수 본연의 당연성(當然性)을 지니고 있어
어떤 논리와 사상(思想)을 초월하여 앞선 것으로
순수 절대 평안과 안정의 자연성의 평화를 따라
그렇게 해야 하며
그렇게 하지 않으면 안 되는
완연한 절대 긍정(肯定)이 이성(理性)에 속한다.

모든
인간과 삶과 사회의 문제는
모두를 평안과 안정과 평화로 행복하게 하는
완연한 이성(理性)의 길
절대 긍정을 벗어남에 의한 문제점이다.

이성(理性)의 길이
완연하고 지극한 융화(融和)의 아름다운 세계인
생명 순수 평화와 평온의 세계가
곧, 능화(能和)의 세계이다.

지성(知性)은
정당하고 당연한 선(善)과 악(惡)을 분별하고
정당하고 당연한 옳고 그름을 가름하는
정의(正義)의 마음이다.

감성(感性)은
촉각과 감각으로 느끼고 인식하는
무한 수용과 인식의 마음이다.

또한, 생각인
의식(意識) 분별의 세계가 있으니
여러 것을 인식하고 생각하며 사유하고
분별하고 판단하며 결정하고 행동하는 등의
각종 의식의 세계이다.

마음은
깊이와 차원이 다른 성품의 특성과
의식과 정신이 열린 차원의 성품 종류에 따라
서로 같지 않은 성품의 특성이 있어
그에 따라 여러 특성 성품의 종류로 나뉜다.

마음이라는 말은
정신과 의식과 견해와 지식과
단순 생멸의 생각으로부터
촉각과 감각과 감성과 감정과 이성과 지성과
기억과 상상과 사색과 집념과 의지 등

생멸 없는 마음에 이르기까지
그 모두를 통틀어서 일컫는 말이니,
단순 생각으로부터 그 깊이는
우주의 근원 무한 차원의 세계에 이르기까지
열려 있다.

차(茶)에서 능화(能和)는
물과 불의 융화(融和)인 능화(能和)와
물과 차(茶)의 융화(融和)인 능화(能和)의
자연 섭리와 조화의 부사의 작용
능화(能和)의 세계가 있다.

**차(茶)의 맛과 향도**
**능화(能和)의 작용을 통해 창출되는 것이다.**

또한 차(茶)가
인연을 따르는 능화(能和)의 세계가 있으니

도담(道談)을 나누는 자리에는
차(茶)가 도(道)의 맛과 향을 더하는
도차(道茶)의 맛과 향기가 되며

정담(情談)을 나누는 자리에는
차(茶)가 정(情)의 맛과 향을 더하는
정차(情茶)의 맛과 향기가 되니

승(僧)의 자리에는
세속에 물듦 없는 청정차(淸淨茶)가 되고
속(俗)의 자리에는
세속에 아름다운 정차(情茶)가 되니

차(茶)는
능화차(能和茶)가 되어
승(僧)과 속(俗)을 두루 융통하고
도(道)와 정(情)에 걸림 없이 원만하게 한다.

# 30. 수심차(修心茶)

수심(修心)은
마음을 닦음이다.

마음 닦음은
자신의 부족함을 일깨우고
의식이 열린 성장을 도모하며
삶과 사람의 관계를 조화롭고 아름답게 하는
무한 정신을 기르는 길이다.

수심(修心)에는
평심(平心), 정심(正心), 화심(和心),
안심(安心), 진심(眞心), 청심(淸心),
자심(慈心), 명심(明心) 등이 있다.

평심(平心)은
평정한 마음이니
마음이 치우쳐 이끌림이나 기울임이 없어
평정한 마음을 잃지 않음이다.

정심(正心)은

바른 마음이니
삿된 생각이나 잘못된 왜곡의 마음이 없도록
바른 마음을 잃지 않음이다.

화심(和心)은
화합과 융화의 마음이니
서로 상생하고 화합하며 조화를 도모하여
삶의 아름다운 관계를 형성함이다.

안심(安心)은
평안한 마음이니
항상 마음을 평안하게 하여 혼란하지 않게 하며
안정된 마음을 잃지 않음이다.

진심(眞心)은
진실한 마음이니
거짓과 가식이 없는 진실한 마음을 가지며
언제나 그 마음을 참되게 함이다.

청심(淸心)은
마음을 맑게 함이니
마음을 비워 번거롭거나 번잡하지 않게 하며
마음을 항상 맑게 함이다.

자심(慈心)은
사랑하는 마음이니

무엇이든 온화하고 사랑하는 마음으로 수용하며
따뜻한 마음을 잃지 않음이다.

명심(明心)은
지혜로운 밝은 마음이니
항상 자신의 부족함을 일깨우고
지혜를 밝히며, 더없는 무한 열린 세계를 향해
의식의 진화를 놓지 않고 노력함이다.

무엇이든
자신의 부족함을 일깨우는 것은 끝이 없으며
또한, 지혜의 향상을 위한 길은 무한 열려 있어
지혜의 길도 끝이 없다.

부족함이 있으면 자신을 끝없이 일깨워야 하며
지혜가 두루 밝게 통하지 못하면
의식의 향상을 위해 끊임없이 노력해야 한다.

무엇이든
다스리고 가꾸며 다듬는 만큼 가치가 있으며
하기 어렵고 힘든 것일수록
그만한 자기 발전과 성장의 가치가 있다.

흔하고
천한 것은 세상 어디에도 다 있다.

그러나
귀하고 가치 있는 것은 세상을 둘러보아도
찾기가 쉽지 않다.

사람 발길 닿지 않은 산골짝에 핀 꽃송이도
남에게 보여주기 위해 핀 것이 아니라
자기 존재 가치를 위해 최선을 다한 모습이다.

무엇을 매개로 하여
자기의 성장과 가치를 꾀하든
의식이 깨어나고 안목이 밝게 열리면
보는 것, 듣는 것 어느 것 하나
나의 부족함을 일깨우지 않는 것이 없다.

차(茶)의 정제된 절정의 맛과
향긋한 차(茶) 향에
나의 부족함을 한없이 되돌아보게 된다.

차(茶) 한 잔 속에 무르녹아 담긴 이치가
나를 일깨우니
남들은 무심히 차(茶)를 마셔도

나에게는
차(茶), 한 잔이 나를 일깨우는
수심차(修心茶)가 된다.

# 31. 도심차(道心茶)

도(道)는 무엇이며
도심(道心)은 무엇일까?

인위(人爲)가 아닌
어긋남이 없는 자연스러운 순수 조화로움이
도(道)이며

어긋남이 없는 자연스러운 순수 조화로움을
순응하고 따르는 지극한 마음인
순수 인위심(人爲心)이
도심(道心)이다.

**자연의 섭리**
**어긋남이 없는 자연스러운 순수 조화로움이**
**도(道)며, 도(道)의 명(命)이다.**

그 도(道)와 명(命)을
인위(人爲)의 지성(知性)으로 수용하는
어긋남이 없는 자연스러운 순수 조화로움이
진선미(眞善美)이다.

그러므로
인위(人爲)의 지성(知性)이 열린 최고의 세계가
진선미(眞善美)의 세계이다.

진선미(眞善美)는
이성(理性)이 열린 어긋남이 없는
최고의 순수 지성(知性)의 조화로운 세계이며,
인간이 지향하는 이상적인 세계가
곧, 진선미(眞善美) 승화의 세계이다.

진선미(眞善美)의 차원도
이성(理性)과 지성(知性)이 깨어난 차원에 따라
진선미(眞善美)를 수용하는 차별이 있으니
완연한 진선미(眞善美) 조화의 세계가
자연의 섭리인 도(道)의 지극한 순수 조화로움의
세계이다.

이를 수용하는 인위(人爲)의 세계는
의식이 열린 차원을 따라
진선미(眞善美)를 인식하고 수용하는
의식 차별의 한계가 있으니
그것이 이성(理性)인 정신의식이 깨어난
차별 차원이다.

진(眞)은
도(道)의 청정한 본성(本性)이며

선(善)은
도(道)의 명(命)이 흐르는 행(行)의 지극함이며

미(美)는
도(道)의 명(命)을 따라 드러나는 만물 만상의
섬세하고 지극한 아름다운 모습이다.

진선미(眞善美)를 수용하는
인위(人爲)의 작용에
진(眞)은 마음을 청정하고 진실하게 하며
선(善)은 서로 화합하고 융화하는 상생이며
미(美)는 서로 조화로운 아름다운 삶이다.

진선미(眞善美)가 어긋나면
자연스러운 순수 조화로움의 아름다움이 어긋나
조화로운 질서가 파괴되어 무너지고
마음이 진선미(眞善美)의 조화로움을 잃어
상생과 조화를 잃은 어긋남의 삶이
자연스러운 순수 행복의 삶을 파괴하게 된다.

자연이 아름답고 조화로운 운행의 모습은
도(道)의 명(命)으로 지극한 조화의 아름다움인
진선미(眞善美)의 작용,
순수 도(道)의 작용인 만물의 조화로움에 있다.

도(道)가 무엇이며

도심(道心)이 무엇이라고 해도
순수 조화로움의 아름다움이 어긋남이 있으면
도(道)도 아니며
도심(道心)도 아니다.

도(道)도 인위(人爲)가 아니며
도심(道心)도 조작이 아니니
자연스러운 순수 조화로움을 따르고 순응하며
자연의 섭리인 도(道)의 명(命)을 따라
진선미(眞善美)의 정신이 승화하여
조화롭게 융화(融和)하는 순수 상생의 삶을
살게 된다.

**도(道)는**
**어긋남이 없는 자연스러운 순수 조화로움인**
**진선미(眞善美)의 모습이며**

**도심(道心)은**
**어긋남이 없는 자연스러운 순수 조화로움인**
**진선미(眞善美)의 마음이다.**

도(道)와
도심(道心)의 세계를
막연한 추상적인 상념의 세계가 아니라

차(茶)의 역할과 작용

최선을 다하는
차(茶)의 가치 창출을 통해
도(道)와 도심(道心)의 세계를 느끼게 된다.

의식이 열린 정신 감각에 따라
무한 가치의 향상을 위해 노력하게 되니

그중에
자기 삶의 자취
최선을 다한 삶의 자기 가치 궁극의 맛과 향이
무한 가치를 지향하게 하는
도심(道心)을 일깨우니

차(茶)는
묵연히 자기 궁극의 모습을 드러내어도
지각이 열린 자에게는
무한 도심(道心)을 일깨우는
도심차(道心茶)가 된다.

# 32. 도향차(道香茶)

도(道)가
무엇이라 일컬을 수는 없으나
도(道)가 만인에게 이로운 것만은
부정할 수가 없다.

왜냐면,
삶을 떠난 도(道)는 없고
도(道)를 벗어난 만물과 사람은 없기
때문이다.

그러나,
삶과 존재의 세계는
모든 것이 차별이며 다르므로
그 자체가 도(道)라 하여도
차별 속에 무엇을 일러 도(道)라고 하는지
종잡을 수가 없다.

도(道)는
눈에 보이지 않으나
눈에 보이는 만물을 생성하니

그것이 도(道)이다.

**도(道)는**
**눈에 보이지 않으나**
**만물을 운행하는 그것이 도(道)이다.**

물을
식물이 흡수하면 도(道)의 작용으로
잎과 꽃이 피어나고 열매를 맺으며
소가 먹으면 생명을 살리는 우유를 만들고
독 있는 것이 먹으면 생명을 죽이는 독이 되며
물이 모이면 강과 바다를 이루어
만 생명체가 그곳에 살고
사람이 먹으면 생명을 유지하는 이 모두가
도(道)의 작용이며, 도(道)의 섭리이다.

무수 차별 속에
도(道)라 일컫고 이름하려 하니
단지, 무엇이라 종잡을 수가 없을 뿐이다.

도(道)가 무엇이라 종잡을 수 없어도
도(道)의 작용으로 만물 일체가 존재하며
무수 만물의 존재가 조화의 생태를 이루었으니
이것이 도(道)의 섭리이며 작용이다.

그러나

도(道)의 실체는 알 수 없으니
단지, 만물의 모습과 운행과 작용을 보며
도(道)의 작용, 명(命)의 길을 유추하게 되고
도(道)의 섭리와 이치를 깨닫게 된다.

왜냐면,
만물의 모습과 운행과 작용이
도(道)의 섭리와 이치를 따라 드러나고
작용하며 운행하기 때문이다.

도(道)는 깨우칠 수 있어도
도(道)의 실체를 드러내거나 일컬을 수 없음은
모습 없는 무형의 실체이기 때문이다.

도(道)는 몰라도
도(道)의 작용으로 생겨나 숨을 쉬고 살아가니
움직이고 작용하는 이 일체가 다
도(道)의 섭리이며 작용이다.

천체(天體)를 창조하고
만물을 운행하는 도(道)의 세계는
인위(人爲)를 벗어난 무한 절대성의 작용이니
인간의 어떤 노력으로도 어찌할 수 없어
도(道)의 섭리와 순리의 조화인
생사(生死)는 순응하고 따라야 할 뿐
어찌할 수가 없다.

인간의 지혜로
무한 절대의 세계, 궁극 무한의 도(道)를
어찌 다 알 수 있겠느냐마는

차(茶) 한 잔에 담긴
마음을 맑게 하는 그윽한 맛이
곧, 도(道)의 맛이며,
혼(魂)을 무한 명상으로 이끄는 향긋한 향이
도(道)의 향이다.

# 33. 선차(禪茶)

선(禪)은
무엇에도 물듦 없는 청정한 성품이다.

무엇에도 물듦 없으니
취사(取捨)가 끊어져 그 공덕이 무량하고
불가사의하여

더럽고 깨끗함도 없고
머물고 머물지 않음도 없어
무한 허공도 수용하고
천지 만물도 수용하며
무량 생명도 수용하니
자비 무한이며
대적(大寂) 공심(空心)이다.

분별없으니
수용 못 할 것이 없고
청정하니 무엇에도 물들 것이 없다.

무엇 하나

취하고 버림의 분별이 없어
봄이 그대로 선(禪)이며
들음이 그대로 선(禪)이다.

분별이 있으면
머물고 취하며 버림이 있어
봄이 그대로 머무름이며
들음이 그대로 치우침이니
생각하고 분별함이
일체가 좋고 싫은 취사(取捨)의 모습이다.

무정(無情)의 단멸(斷滅)이 아니기에
보고 들음이 역력하고
취사(取捨)가 없으니 만물을 수용하여도
일체 분별이 끊어졌다.

묘유(妙有)는
법(法)도 마음도 만물도 아닌
바로 선(禪)이니

선(禪)은
숨거나 감추거나 드러남이 없어도
그 부사의 조화(造化)가 무한이며 무궁이다.

선(禪)을
찾으려면 길이 끊어졌고
얻으려면 얻을 곳이 없어도

차(茶), 한 잔
맛에 온몸이 그대로 다 드러나고,
차(茶)의 향기에
감춤 없이 그 몸체를 몽땅 다 드러낸다.

# 34. 반야차(般若茶)

반야(般若)는
상(相) 없는 마음이다.

상(相)이 없으면
마음과 반야(般若)가 둘이 아니다.

상(相) 없는 마음이
그대로 반야(般若)인 지혜이며

반야(般若)의 지혜가
바로 마음이다.

그러나
만약, 상(相)이 있으면
마음은 마음이 아니라 분별심이며
지혜는 반야(般若)가 아니라 분별심 견해이다.

반야(般若)는
마음도 지혜도 없는 상(相) 없는 밝음이니
이름하여 반야(般若)라 하여도
그 지혜도 모습도 없어
상(相) 없는 그 자체도 없어 끊어졌으니

반야(般若)라고 한다.

마음과 반야(般若)가
둘이면 반야(般若)가 아니며

반야(般若)를
구함이 있어도 반야(般若)가 아니며

반야(般若)를
얻었어도 반야(般若)가 아니며

반야(般若)를
구하지 않아도 반야(般若)가 아니며

**마음과 반야(般若)가**
**다를 바 없고 하나여도 반야(般若)가 아님은**

마음과 반야(般若)가 하나라는 것은
단지 상(相) 없음을 일컬을 뿐
하나를 일컬음이 아니다.

반야차(般若茶)가 있어
반야(般若)를 일컬음이 아니니
단지, 내외가 끊어져 주객(主客)이 없으니

차(茶)가
그대로 반야차(般若茶)이다.

# 35. 기원차(祈願茶)

자정(子正)이 넘어
밤이 깊어지니 주위가 고요 속에
텅 빈 어둠의 허공은
무수 억(億) 시간의 세월을 머금은 채
불가사의 그대로
묵묵히 모든 존재를 품어 안은
태장(胎藏)이 되어
시(時)와 공(空) 삼세(三世)가 변함없이
흐르고 있다.

차(茶)를 다려
무수 생명 만물의 삶의 터전
허공계(虛空界) 허공천(虛空天)에 올리고
차(茶) 향 담은 순수 염원으로
하늘과 땅과 만 생명세계
허공계 허공천(虛空天)이 두루 평화롭고
만 생명의 심성이 밝게 깨어나며
모두의 삶이 기쁨과 행복이 충만하고
하늘과 땅과 생명 모두 무한 행복세상이기를
발원한다.

지성(至誠)이면

감천(感天)이라고 했다.

지극한 정성이면
하늘도 감동한다는 이 말은 거짓이 아니니
나의 정성이 티끌 같아 부족하여도
작은 정성도 순수 진실을 다해 쌓아나가면
어젠가는 태산을 이룰 날이 있으리라.

**허공천(虛空天)은 끝없이 영원하여도**
**사람 목숨은 짧은 한순간이니**
**한 생을 쌓은 정성인들 티끌 같으리라.**

그러나
이 몸은 사라져도 내 혼령은 죽음 없으니
허공천(虛空天)이 끝없는 무한이며
영원하다 하여도
죽음 없는 내 혼령이 정성을 쌓고 쌓아가다 보면
끝없는 무한 허공천(虛空天)을 두루 채워

어느 날엔가는
하늘과 땅과 만 생명세계
허공계 허공천(虛空天)에 평화가 두루 하고
만 생명의 심성이 밝게 깨어나며
모든 생명의 삶이 기쁨과 행복이 가득하고
하늘과 땅과 생명세계 모두가
기쁨과 행복이 충만한
무한 행복세상이 될 것이다.

# 11장

# 꽃잎의 향기

# 1. 물(物)

물(物)의 글자처럼
포괄적인 의미와 뜻을 가진 글자는 쉽지 않다.

글의 내용에 따라
물(物)의 글이 지칭하고
드러내고자 하는 뜻이 각각 다르다.

첫째,
물(物)은 물질을 뜻한다.

물질의 속성, 성질, 작용, 형태, 색깔 등 일체를
뜻한다.

둘째,
만물의 전체를 포괄하는 뜻이 있다.

우주 만물 만상 모두를 지칭하여
곧, 물(物), 한 글자에 담는다.

셋째,

만물 중, 어느 한 개체를 지칭하여
곧, 물(物)이라고 한다.

넷째,
만물의 모습과 형태, 색깔 등
우리가 인식하는 물체를 지칭하기도 한다.

다섯째,
우리가 인식하지 못해도
물질의 속성과 성질에 속한 일체를 지칭하여
물(物)이라고 한다.

여섯째,
그것이 무엇이든
존재, 그 자체를 지칭하여 물(物)이라 한다.

일곱째,
유(有)와 무(無)를 모두 싸잡아 일컬어
물(物)이라고 한다.

여덟째,
유형과 무형과 인식의 존재와 무인식의 존재
일체를 통틀어 물(物)이라고 한다.

아홉째,
물질과 정신을 모두 싸잡아 일컬어

물(物)이라고 한다.

열 번째,
그것이 무엇이든 지칭하는바 그것을 일러
물(物)이라고 한다.

열한 번째,
형체가 없거나 인식하지 못하므로
드러낼 수 없으나 추상적 의미를 가진
그 자체를 물(物)이라고 한다.

열두 번째,
의식과 사고 속에 인식하고 의미를 가지며
의식세계를 구축하는
의식과 상념 세계에 속한 철학과 사상과
관념과 개념 등
의식 속에 인식하고 존재하는 상념체(想念體)
그 일체를
일러 물(物)이라고 한다.

그러므로
물(物)을 벗어난 것은 없다.

일체가
물(物)이라는 이 한 글자를 벗어날 수가 없으며
만약, 벗어났다 하여도

이 물(物)의 속성과 성품의 한계를 벗어난 것은
아니다.

왜냐면,
그 자체도 물질에 속한 것이든
정신에 속한 것이든, 의식에 속한 것이든
존재의 영역 세계에 속해있기 때문이다.

이,
물(物)의 본연의 성품이 불이성(不二性)이며

이,
물(物)의 본연의 모습이 공(空)이며

이,
물(物)의 성품을 깨달음이 견성(見性)이며

이,
공(空)한 본연의 삶이 불(佛)의 삶이다.

**만유(萬有)는**
**이, 공성(空性)의 작용이며**

공성(空性)의 작용에 의한 일체가
만물(萬物)과 심식(心識)의 작용이며
이 일체(一切)를 일러

물(物)이라고 한다.

물(物)은
물질이든 정신이든 의식의 작용이든
동(動)과 정(靜)에 속한 일체를
지칭하고 일컫는
말이다.

# 2. 5물도(五物道)

5물(五物)은
허공(空), 땅(地), 물(水), 불(火),
바다(海)이다.

이 5물(五物)은
모든 존재가 살아가는 세상이며
생명을 의지한 다섯 종류의 특징을 가진
물질세계이다.

**5물도(五物道)는**
**다섯 종류의 특성이 조화를 이루어**
**각각 행하는 서로 어우른 다른 특성이 있으니**
**그것이 5물도(五物道)이다.**

허공의 섭리인 공도(空道)는
모든 만물을 걸림 없이 수용하고 포용하며
존재하게 하는 만물세계의 공간이다.

땅의 섭리인 지도(地道)는
만물 만 생명이 살아가는 터전이며

만 생명을 기르고 육성하며 살아가게 하는
생명 삶의 터전이다.

물의 섭리인 수도(水道)는
만 생명의 목숨을 살리는 생명수이며
만물과 만 생명이 물에 의지해 그 생명과
목숨을 유지하고 있다.

불의 섭리인 화도(火道)는
만 생명이 살아갈 수 있는 밝음의 빛과
만물이 성장하는 따뜻한 열기를 주며
불의 큰 역할은 태양이며,
삶의 일상에서는 불을 다양하게 활용해
삶을 살아갈 수 있도록 도움을 준다.

바다의 섭리인 해도(海道)는
물이 땅의 낮은 곳으로 흘러 모여
큰 바다를 이루어 물의 생명들이 살아가는
바다의 생명세계를 이루고 있다.

모든 생명과 존재들이
5물도(五物道)에 의지해 살아가고 있으니
5물도(五物道)는 생명과 만물이 살아가는
존재 생태환경의 섭리세계이며
생명의 세상이다.

어떤 유익한 도(道)를 닦고
어떤 이로운 수행을 하든
자신과 만 생명을 이롭게 하며 위하는 그 길은
5물도(五物道)의 섭리와 이치에 다 있다.

어떤 더없는 높은 지혜가 열리어도
자연의 무한 섭리 5물도(五物道)의 섭리와
이치를 벗어나 있지 않다.

왜냐면,
어떤 지혜이든 자연의 섭리와
삶의 생태인 생명 삶의 세계를 벗어나 있지
않기 때문이다.

5물도(五物道)에 대한 섭리가
생명과 만물의 섭리이며, 이치이며,
삶과 생명의 진리이다.

**이 자연의 섭리와
이치에 두루 밝음을 지혜라고 한다.**

5물도(五物道)를 깨달아
그 도(道)의 마음을 가지면 5도심(五道心)이며
그 덕(德)을 두루 쌓으면 5덕심(五德心)이며
그 행(行)을 두루 하면 5도행(五道行)이다.

5도심(五道心)은
공도심(空道心), 지도심(地道心),
수도심(水道心), 화도심(火道心),
해도심(海道心)이다.

공도심(空道心)은
허공과 같은 지혜로운 마음이니
마음을 비우고 무엇이든 수용하며 이롭게 하는
텅 빈 무한 허공 같은 마음이다.

지도심(地道心)은
대지와 같은 지혜로운 마음이니
상생의 마음으로 상대를 위하며 배려하고
이로움을 주는 땅과 같은 마음이다.

수도심(水道心)은
물과 같은 지혜로운 마음이니
상대의 어려움과 힘든 시련에 도움이 되어 주며
화합과 상생의 융화로 생명수 같은 마음이다.

화도심(火道心)은
태양과 같은 지혜로운 마음이니
삶과 의식의 성장과 발전에 도움이 되어 주고
따뜻한 이로움을 주는 태양 같은 마음이다.

해도심(海道心)은

바다와 같은 지혜로운 마음이니
넓은 마음으로 상대를 수용하며 이롭게 하고
의지처가 되어주는 바다 같은 마음이다.


**5덕심(五德心)은**
**공덕심(空德心), 지덕심(地德心),**
**수덕심(水德心), 화덕심(火德心),**
**해덕심(海德心)이다.**

공덕심(空德心)은
허공의 덕(德)을 가진 지혜로운 마음이니
시비와 분별의 잡다한 마음을 비워
허공과 같은 덕(德)의 수용심을 가짐이다.

지덕심(地德心)은
땅의 덕(德)을 가진 지혜로운 마음이니
상대를 수용하지 못 하는 이기적인 마음을 버리고
상대를 위하는 따뜻한 사랑으로 수용하는
땅과 같은 덕(德)의 포용심을 가짐이다.

수덕심(水德心)은
물의 덕(德)을 가진 지혜로운 마음이니
상대를 외면하는 인색한 마음을 버리고
상대 심신의 시련과 어려움을 도와주며 상생하는
물과 같은 덕(德)의 상생심을 가짐이다.

화덕심(火德心)은
태양의 덕(德)을 가진 지혜로운 마음이니
상대에게 해가 되는 어리석은 마음을 버리고
상대의 어려움을 도와주고 이롭게 하는
태양과 같은 덕(德)의 융화심을 가짐이다.

해덕심(海德心)은
바다와 같은 덕(德)을 가진 마음이니
상대를 수용하지 못하는 편협한 마음을 버리고
평안한 의지처가 되어주는 넓은 마음가짐으로
바다와 같은 덕(德)의 대해심(大海心)이다.


**5도행(五道行)은
공도행(空道行), 지도행(地道行),
수도행(水道行), 화도행(火道行),
해도행(海道行)이다.**

공도행(空道行)은
허공과 같은 지혜의 도(道)를 행함이다.

지도행(地道行)은
땅과 같은 지혜의 도(道)를 행함이다.

수도행(水道行)은
물과 같은 지혜의 도(道)를 행함이다.

화도행(火道行)은
태양과 같은 지혜의 도(道)를 행함이다.

해도행(海道行)은
바다와 같은 지혜의 도(道)를 행함이다.

의식의 진화와 정신 승화의 세계는
무한 차원이 열려 있으며
의식이 깨어나고 열리는 차원을 따라
더욱 밝은 의식과 정신의 세계를 열게 된다.

의식이 열린 만큼
자연 섭리와 순리에 대해 깨닫게 되며
정신의 밝음에 따라 순수 이성(理性)이 열리어
자연 섭리의 조화로운 순수의 삶을 살게 된다.

**그것이 도(道)의 정신이며**
**순수 이성(理性)이 열린 지혜로운**
**도(道)의 삶이다.**

# 3. 도(道)

도(道)가 무엇인가에 대해 궁금해하거나
도를 공부하거나
도를 닦거나
도의 궁극을 찾아 정신의 수행 길을 가며
한 생의 삶을 다하는 사람들도 있다.

도에 대해 궁금해하고
도가 도대체 무엇인지는 몰라도
모두가 도가 대단한 것으로 생각하고
도에 대해 안다고 하면
다들 대단한 것으로 생각하고 있다.

도가 무엇인지
알아야 할 것 같아 궁금해
도가 과연 무엇인지 알려고 하면
그에 대해 아는 바가 없어 막연하고
알고자 하나 어디에서부터 찾아야 하며
어디에 가서 물어야 하는지 알 바를 몰라
도에 대해 궁금하여 이름있는 자를 찾거나
도가 무엇인지 그 진실을 배우고 알고자

책을 통해 알려는 사람들도 있다.

도는 다름이 아니라
자신에게도, 남에게도 선함을 잃지 않는 그것이
도(道)이다.

마음과 행동, 말 한마디라도 남을 이롭게 하고
선한 마음과 행동으로
자신의 마음을 어지럽게 하지 않으며
스스로 선함을 잃지 않아
자신과 남에게 이로운 삶을 사는 그것이
도(道)이다.

도(道)란
첫째는 서로 융화(融和)이다.
둘째는 서로 이롭게 하는 진실한 행이다.
셋째는 서로 정신과 삶이 무한 승화를 향함이다.
넷째는 감사의 삶이다.
다섯은 아름다운 세상이다.

도(道)는 아는 지식의 세계가 아니라
우주가 운행하는 섭리이며
삶이 함께 살아가는 조화로운 참모습이며
생명과 존재가 살아가는 그 이치며
생명의 실상이다.

도(道)의 정신과 마음은
무엇에도 오염되어 물들지 않고 깨어있으며
우주의 생명과 그 이치를 배우고 터득하며
깨닫는 바를 따라 긍정적으로 수용하고
잘못된 생각과 견해를 다잡아 새롭게 하며
자신의 가치와 삶의 상승을 위해
더없는 무한 승화의 차원으로 자신을 인도하는
무한을 향한 끝없는 승화의 삶이다.

도(道)란 이치로 논하고
말로 하면, 복잡하고 어려운 것 같아도
그 모두를 싸잡아
한 곳으로 흐르는 그 귀결점은
무엇에도 때 묻음 없는 마음
공심(空心)이다.

**모두가**
**둘 없는 하나인 그 마음이 도심(道心)이며**
**그 실천하는 것이 도행(道行)이며**
**그 세상이 도(道)의 세계이다.**

그것이 우주의 마음이며
그것이 하늘의 마음이며
그것이 깨달은 마음이며
그것이 끝없는 마음이며
그것이 성인의 마음이며

그것이 승화의 마음이며
그것이 지혜의 마음이며
그것이 지극한 마음이며
그것이 잘사는 마음이며
그것이 진선미 마음이며
그것이 궁극의 마음이며
그것이 도(道)를 공경하는 지극한 마음이다.

도(道)는 몰라도
아름다운 마음가짐과 때 묻음 없는 생각을 하고
자신을 선하게 다스리며
남을 이롭게 하는 소박한 마음에

정성 담은 손끝 하나,
눈길 하나, 말씨 하나, 아름다움 담아
아름다운 세상이도록 하는 그 마음
그것이 도(道)의 결정체이다.

# 4. 대도(大道)

대도(大道)는
소도(小道)를 벗어났고, 중도(中道)도 벗어났다.

대도(大道)라 함에는
그것이 무엇이건 수용하지 못함이 없고
행하지 못함이 없기에 대도(大道)라고 한다.

흔히들 대도(大道)라 하면
우주의 운행으로 생각하거나
천도(天道)나 천명(天命)으로 생각하게 된다.

왜냐면,
하늘의 운행보다 큰 것을 보지 못했기 때문이다.

그러므로, 대도(大道)라고 함은
하늘과 같은 마음을 쓰면 대도(大道)라고 한다.

그러나
하늘 같은 마음이 무엇인지도 모르고
하늘이 크니까,

보통 사람을 능가하는 마음을 쓰거나, 행하면
도량이 크다 하여, 대도(大道)라고 말한다.

대도(大道)는
좋은 것이라는 선입견을 가지고 있다.

그러나, 좋은 것으로 생각하여도
대도(大道)를 수용하여 행하려고 하는 경우는
누구나, 쉽지 않다.

그것은,
대도(大道)에 대한 명확한 무엇이란 정의도 없고
대도(大道)가 무엇인지 모르기 때문도 있겠으나
대도(大道)라는 그 말의 의미에
무엇인가, 개인적 욕망을 버리는 희생의 각오와
보통을 능가하는 용기가 있어야 할 것 같은
언어의 의미적 느낌을 받기 때문이다.

개인적 욕망에 얽매이면
무슨 일이든 대도(大道)를 행할 수가 없다.

그러므로,
세상 삶 속에 남과 사회를 이롭게 하는 사람과
자신을 희생하며, 남을 위하는 사람들을
칭송하며, 고맙게 생각하는 것은
너무나 당연한 일이다.

그만큼,
자신의 욕망을 버리기가 쉽지 않고
자신을 희생하는 삶이
누구에게나 쉽지 않기 때문이다.

그러므로 대부분 사람은
소도(小道)를 선택하며
또한, 뜻이 있는 사람들은 소도(小道)를 벗어나
사회의 소중함을 인식하거나 깨닫고
자신을 희생하며 사회에 나름으로 봉사하는
고마운 사람들도 있다.

대도(大道)를 행하려면
나름대로 갖추어야 할 몇 가지 기본이 있다.

누구나 의지할 수 있는
모두를 이롭게 하는 지혜가 있어야 한다.

그 지혜가 있어야 무엇이든 이끌고 갈
대도(大道)의 방향성의 안목을 가졌기 때문이다.

이 우주가 운행하는 것도
대도(大道) 운행의 방향성이 없이
아무렇게나 무질서하게 이루어지는 것이 아니다.

이 우주도 운행의 법칙이 있기에

그 섭리를 바탕하고, 기본하여 운행하므로
항상 변함없이
아름다운 조화 속에 운행을 거듭하고 있다.

무엇이든
용기만 있다고 되는 것이 아니다.

**무지(無知)는**
**자신과 주위나 전체를 곤란하게 하거나**
**아픔이 있게 한다.**

그렇다고
지혜와 용기만 있다고 되는 것이 아니다.

무엇보다 필요한 것은
모두를 수용하는 사랑하는 마음이 있어야 한다.

그것은 지혜보다도, 용기보다도
대도(大道)에는 더욱 소중하고 절실한 것이다.

이것은
우주를 운행하는 우주의 마음이다.

크고 작은 생명을 분별하지 않고
똑같이 소중하게 생각하는
그 절실한 마음이

우주의 중심축에 충만하지 않으면
우주의 운행은 불가능하다.

**무엇이든**
**사랑이 있으면 해결점도 그 속에 있다.**

그러나
차별에 의한 분별의 시비심을 가지면
그것이 무엇이든 전체가 분리되고 부서지며
멸망하게 된다.

지혜 중에
제일 큰 지혜는 현명하고 지혜로운 사랑이다.

**지혜로운 사랑에는**
**모두를 수용하는 대도(大道)도 그 속에 있다.**

개인적 욕망의 사랑은
자신과 주위에 아픔을 주고 병들게 하지만
전체를 수용하는 우주와 같은 사랑은
아무나, 그리고 누구나 할 수 있는 것은 아니다.

지혜가 밝아질수록 사랑의 영역은 확장되며
금과 같은 지혜를 가지면
금과 같은 사랑으로 사람과 사회를 이롭게 한다.

보는 시야가 좁거나 한곳만을 보면
대도(大道)의 시야를 가질 수가 없다.


대도(大道)는 수용과 사랑이 기본이며
거기에 지혜를 수반하므로
수용과 사랑의 결과가 잘못됨이 없다.


왜냐면, 지혜는 눈이며,
수용과 사랑의 힘은
끝없는 헌신의 어머니 성품이기 때문이다.


모두가
하나라는 생명성의 사명을 열지 못하면
전체를 하나로 이롭게 할 수가 없고
모두를 이롭게 하는 것에는
모두가 한 생명임을 절실히 자각하기 때문이다.


이 우주의 모든 생명과 만물은
하늘이 낳은 생명이며 만물이기에
우주 어머니의 사랑으로
만 생명과 만물을 보살피고 가꾸며
사시사철 지극정성을 다하여 가꾸는 것이다.


대도(大道)는 곧, 어머니의 마음이니
어머니의 마음을 가지면
모든 분별의 시비심을 벗어나

한 생명이라도 절실히 소중하게 생각하고
모두를 이롭게 하는
대도(大道)의 삶을 살게 된다.

**대도심(大道心)은 어머니의 마음이며
대도행(大道行)은 어머니의 보살핌이다.**

# 5. 천명(天命)

천명(天命)은
몇 가지의 뜻이 있으니
하늘의 흐르는 길도 천명이며
하늘의 작용인 운행도 천명이며
하늘의 생명도 천명이며
하늘의 삶도 천명이며
하늘의 뜻도 천명이며
하늘의 때를 따르는 것도 천명이며
하늘의 이치도 천명이며
하늘의 성품도 천명이며
천성(天性)과 천상(天相)과 천도(天道)가
다 천명(天命)이다.

천명(天命)을 거부하거나
벗어날 수가 없다.

왜냐면, 그 조화(造化) 속에 태어나
그 작용에 의지해 삶을 살아가기 때문이다.

천명(天命)이

삼라만상의 자연 일체이니
천명이 없으면 태어나지도 않았으며
삶을 살 수가 없다.

왜냐면, 하늘과 땅과
자연의 흐름과 환경을 벗어나 살 수가
없기 때문이다.

사람이 생명을 받아나 태어나고
자연의 생명으로 살아가는 이 자체가
곧, 천명에 의지한 삶의 모습이다.

천명을 알면 알수록 삶에 이로우며
천명을 모르면 모를수록
삶의 진리에 어두워 지혜롭지 못함에
어려움을 겪게 된다.

천명을 안다고 하는 것은
곧, 삶의 섭리를 아는 것이며
천명에 어두우면 삶의 이치를 모르게 된다.

왜냐면, 삶의 모든 모습이
천명에 의지한 천명의 섭리와 이치 속에
이루어지기 때문이다.

천명은 멀리 하늘에 있는 것이 아니라

받아 난 내 생명이 곧, 천명이며
내 몸이 천명의 섭리대로 이루어진 것이다.

거부하거나,
벗어날 수가 없는 것이 천명이다.

또한,
천명은 공정하며, 바름으로
벗어나거나, 거부할 필요가 없다.

다만, 사람의 욕심이 천명을 벗어나므로
사람의 욕심이 과할 뿐이다.

**천명 안에서도 부족할 것이 없고**
**천명을 따라 순응하며 사는 것도**
**자연에 조화로운 삶이라 아름다운 모습이다.**

그러나
항상, 만족하지 못하는 사람의 욕심이
천명에 순응하지 못하는 그 과욕으로
스스로 부당하게 생각하며
세상과 삶을 아프게 하는 경우가 있다.

천명의 길은
서로 어우름의 조화(造化)에 있으니
그 조화를 도모하고

그 조화의 삶을 위해 서로 노력하면
태어난 생명의 가치와 역할을 다하는 길이다.

무엇이든
평등하지 못한 것에 부당하게 생각하여
자신의 상황과 환경을 탓하며
천명의 부당함으로 돌리기도 한다.

그것은 사람의 잘못일 뿐
천명이 자신을 그렇게 부당하게 한 것도 아니니
공정하고 공평한 천명의 섭리가 아니면
대 우주의 운행을 조화롭게 운영할 수가 없다.

정신이 깨어 있으면
자신을 일깨우고 성장하게 하여
사람과 세상에 자신의 능력으로 이로움을 주며
천명이 행하는 이치를 깨달아
만인과 세상을 위해 이로운 삶을 도모하게 된다.

천명을 탓하는 잘못보다
스스로 부족함을 끝없이 일깨우고 노력하면
천명을 따라 하늘이 도울 것이니
혹시나, 자신을 돌아보며
스스로 부족한 점이 없었는가를 살피는 것이
천명을 탓하는 자신의 부족함을 깨닫거나
발견할 수가 있다.

천명은
한 번이라도 누구를 외면하였거나
공정하고 공평하지 않게 한 적이 없으나
스스로 부족한 것은 되돌아보지 않고
천명의 흐름에 정당하지 못함을
탓하기도 한다.

천명은
한 생명이라도 그 생명을 보호하고
그 생명의 삶을 위해 섭리의 환경을 도모하며
알 수 없는 수천억 년의 세월을 변함없이
그렇게 살고 있다.

천명의 때를 따라
농부는 봄에 논밭에 씨앗을 뿌리고
천명을 따라 가을에 거두니
지혜로운 자는 천명을 따르고 순응하여
더불어 삶을 이롭게 하고

스스로 자신의 운명을 거부하면
시방 우주를 조화롭게 운행하는 천명도
어떻게 도움을 줄 수가 없다.

자신을 위하는 정성이 지극하고
천명의 섭리를 깨우쳐
사람과 세상을 위해 노력하다 보면

그 생명과 몸을 천명이 내린 것이니
그 생명과 몸이 천명의 뜻을 따라 행함으로
천명도 무심치 않고 하늘의 상서로움을 따라
천명의 섭리로 이롭게 하리라.

천명은
무수 생명과 삶을 보호하기 위해
궁극 최선의 한 찰나도 놓치지 않고
끝없는 정성의 지극한 보살핌에
찰나를 쉬거나
잠을 이루지 못한다.

# 6. 십념(十念)

십념(十念)은
십념왕생(十念往生)의 뜻이 있으니,
지은 죄가 많아도
지극정성 "나무아미타불" 열 번만 부르면
극락세계에 간다는 말씀이 있다.

누구나
이 말에 믿음을 쉽게 가질 수가 있을까?

왜냐면,
염불 10번은 누구나 쉽게 할 수가 있기 때문이다.

누구나
염불 10번은 쉽게 할 수가 있어도
여기에 믿음을 일으키는 것은
10년 세월 노력하여도 진정한 믿음을 일으키기가
쉽지 않다.

만약,
여기에 진정한 믿음을 일으키면

경의 말씀이 헛되지 않을 것이다.

그리고,
또한, 경은 거짓이 없으니
그 말씀이 거짓이 아니다.

그러나,
단지, 상식적으로 믿음이 쉽게 가지 않을 뿐이다.

**믿음을 일으키는 것에는**
**신심(信心)의 문(門)과 이해의 문(門)이 있다.**

신심의 문은
단지, 무조건 믿음을 일으키는 것이 아니라
마음에 선근(善根)을 바탕하여
스스로 의심 없는 믿음이 일어나는
공덕심(功德心)이다.

정신은 불가사의하여 일체를 초월할 수 있고
또, 극락세계에 가는 것은
10번의 횟수와 관계가 없을 수도 있으니,
믿음은 인(因)이며
그 인(因)이 과(果)를 얻게 하였다면
그 인(因)은 과(果)의 충분한 공덕이 있음이다.

10번, 불(佛)의 명호를 불러

극락에 가느냐, 못 가느냐는 것은
과(果)를 얻는 인성(因性)의 성숙도에 있다.

만약,
십념(十念)으로 왕생정토(往生淨土)하였다면
그 십념(十念)의 념(念)은
망념(妄念)이나 잡념이 아닌 불이(不二)의
진심(眞心)이다.

지극한 신심(信心)의
불이진심(不二眞心)에 들 수 없으니
이해를 통해 믿으려 하므로
상식적으로 이해가 되지 않을 뿐이다.

10번 지극히 염불하여 극락에 간다는
이 자체가 벌써 상식은 초월한 세계인데
이것을 상식적으로 이해하려는 것 자체가
헤아리어 분별하는 사량심이며
초월의 세계를 상식적으로 이해하려 하니
더욱 이해할 수가 없다.

상식으로 극락세계에 가는 것이 아니니
10번 염불은 상식 밖의 세계이며
상식을 벗어난 불가사의한 초월의 세계이다.

지극한 믿음 그 법어(法語)가

믿음에 의한 초월이라면
10번 불러 극락에 못 갈 것도 없다.

십념왕생(十念往生)에는
세 가지 문(門)이 있으니
첫째 신심문(信心門)이며
둘째 방편문(方便門)이며
셋째 지혜문(智慧門)이다.

첫째 신심문(信心門)은
믿음이 바로 초월의식에 들어
십념왕생(十念往生)하는 것이다.

둘째 방편문(方便門)은
믿음의 부족으로 들지 못하는 생명들을
인연의 방편을 열어주는 십념왕생(十念往生)이다.

셋째 지혜문(智慧門)은
완전한 지혜 십념(十念)으로 왕생(往生)하는
것이다.

완전한 지혜 십념(十念)이란
완전한 지혜에서
십념(十念)이란 10번을 지칭함이 아니라
완전한 지혜 자체를 십념(十念)이라 한다.

십(十)은 숫자를 일컬음이 아니라
십(十)이 곧, 만(萬)이며, 완전함이며
초월의 성품이니
십념(十念)이 곧, 완전한 지혜를 지칭함이다.

그러므로,
십념(十念)이 곧, 불(佛)이니
십념(十念) 그 자체가
자성정토(自性淨土)의 성품이며
불(佛)의 세계이다.

일체가
본성의 정토를 벗어나 있지 않으니
숫자로 정토에 드는 것이 아니라
망(妄)이 수(數)이니
십념(十念)으로 십념(十念)을 벗어나면
바로 그 세계가 곧, 정토(淨土)이다.

초월의 세계에는
분별로 헤아릴 수 없는
불가사의한 찰나에 이루어지니
십념(十念)의 사념(邪念)이 끊어지는 그 순간에
왕생정토(往生淨土)할 것이다.

# 7. 초월(超越)

초월(超越),
언어의 뜻이, 한계나 얽매임을 벗어나는 것이다.

초월의 세계
생각만 해도 의식 속에 신선함과
형언할 수 없는 그 무엇이 있을 것 같은
느낌을 받는 언어이다.

세속의 삶은 의지와 관계없이
언제나 인연 속에 부딪히며 사는 삶이라
평안할 수가 없어
초월이란 언어가 주는 정신적 느낌은 대단하다.

누구나
그것이 어떤 장애이든 초월하고 싶어 한다.

무엇이든
얽매임의 속박은 마음의 평온과 행복감을
상실하게 하기 때문이다.

그러나,
마음이 평온하고 행복하다고 해서
다, 초월한 것은 아니다.

초월과 행복은
서로 다른 차원에서 보아야 한다.

초월하지 않았다고
다 불행한 것은 아니다.

**초월은, 어떤 상황을 벗어남이며
행복은, 어떤 상황에 만족함이다.**

그러나
초월은 세속적 의미의 언어가 아니기에
세속의 삶 속에는 항상 초월에 대한
이상을 가지게 한다.

어떤 얽매임으로부터 초월하고 싶어도
초월할 수 없는 것은
상황을 벗어나야 한다는 부담감 때문이다.

그렇다고, 초월의 특정한 장소가 있어서
그곳에 가면 초월이 되는 그러한 것도 아니다.

초월이란,

나의 의식의 얽매임을 벗어나는 것이니
나를 자유롭게 하는 유일한 길은
삶의 상황을 바꾸는 것도 중요하겠으나
무엇보다, 의식의 변화가 중요하다.

나 스스로,
얽매임의 속박 의식을 벗어날 수 있다면
나는 초월의 삶을 살 수가 있다.

하늘과 같은 넓고 자유로운 곳이어야
초월의 삶이 되는 것도 아니다.

초월이란 개인적 상황이지만
사람의 삶은
정(情) 줄 곳이 있고
감사할 곳이 있어야 행복하다.

어떤 경우이든
삶 그 자체는 벗어나는 것이 아니니
초월이란 언어를 사유하며
그 삶 속에 자신의 의식을 다스리고
항상 마음을 평안하게 하며
초월의 정신을 가지다 보면
삶의 의식 속에 초월이란 언어가 자리하게 되고
순간순간 초연한 마음을 가질 수가 있어
삶의 아픔과 상처 입은 마음과

삶에 지친 의식을 정화할 수가 있다.

같은 종류나 빛깔의 생각으로는
서로 의식이 부딪칠 뿐
의식을 쉴 수 있거나 벗어나지 못한다.

사유 속에 초월의 언어를 사유하며
나름대로 그 세계를 사유하며
자기화하다 보면
세속의 삶 속에서도 의식을 정화하여
때 묻음 없이 초연할 수 있는
순간들을 맞을 수가 있다.

삶은 언제나
자기 뜻에 맞지 않은
여러 빛깔의 상황으로 바뀌며
의식의 피로도가 쌓일 때도 있으니

얽매인 생각보다
초월을 생각하는 정신 정화의식은
새로운 삶을 인식하게 되고
때 묻지 않는 정신적 촉각을 지니게 된다.

우연한 계기에
초월의 의식이 습관이 되어, 명상이 이루어지고
의식이 정화되어 초월의식을 갖게 되면

삶 속에도 새로운 시각을 가진
의식을 문을 열 수도 있다.

초월의식은
얽매임에 젖어있는 의식을 제거하는
새로운 물결이니
새로운 것이 들어가지 않으면
삶의 피로가 쌓인 의식을 제거할 수가 없다.

생명의 삶은
항상 의식이 신선해야 하며
얽매임에 젖은 의식 속에 빠져 있지 않도록
항상 자기를 새롭게 하는
끊임없는 자기 다스림이 필요하다.

의식은
새로운 의식으로만 정화할 수 있으니
얽매임에 젖은 의식에 새로움을 더하는 것은
세속적인 생각보다
초월이라는 언어가 주는 의미의 힘이
얽매임에 젖은 의식을 정화하고
정신적 촉각을 새롭게 한다.

그것이
얽매임에 머무른 의식이 사라진
초월의식이다.

초월의식은
머무름의 의식이 아니다.

얽매임이나 머묾의 의식이 없는
신선한 청정 상태가 곧, 초월의식이다.

좋은 습관은
나를 항상 행복과 만족으로 이끌고
나쁜 습관은
얽매임의 의식 속에 젖어 들게 한다

삶의 아픔과 때 묻음,
상황에 얽매인 의식에 젖어 있는 고뇌
그것을 해결하는 또, 다른 의식이
초월의식이다.

# 8. 자재(自在)

자재(自在)는
무엇에도 걸림 없고, 물듦 없는
마음을 일컫는다.

자재(自在)는
마음의 체(體)와 용(用)의 성품을 일컬음이다.

체(體)의 자재(自在)는
마음은, 생겨나거나 소멸함이 없으므로
항상 무엇에 의지함이 없이
스스로 존재하는 성품임을 일컬음이다.

용(用)의 자재(自在)는
마음의 작용은
무엇에도 걸림 없고 장애 없음을 일컬음이다.

마음의 성품을 깨달으면
체(體)와 용(用)의 자재성(自在性)을 깨달으며
그 자재성(自在性)에 들게 된다.

마음은
무엇에도 물듦이 없고
무엇에도 걸림이 없어 항상 청정하다.

이것은
마음의 성품이 상(相)이 없어
불가사의기 때문이다.

**마음은**
**생멸도 없고, 생사도 없고,**
**항상 물듦 없는 그대로 청정한 모습이다.**

그러나
마음이 물질 속성에 머무르고
관념 상(相)의 속성에 머무르면
물질과 관념의 상(相)은
서로 장애 되는 상(相)의 속성을 지니고 있어
마음이 물질과 관념 상(相)에 장애를 유발한다.

**물질의 속성과 관념 상(相)의 속성에**
**머무른 마음을 상(相)의 마음이라고 한다.**

상(相)의 마음은
상(相)에 머물러 상(相)에 얽매이므로
끊임없이 생멸하고 변화하며
상(相)의 세계를 벗어나지 못하고 있다.

그러나
상(相) 없는 마음 본성과 작용은
물들거나 변함이 없어
청정한 그 모습이 항상 그대로이다.

상(相)의 마음은
상(相)을 따라 변화하는
상(相)에 의지한 그림자일 뿐
실제의 마음이 아니다.

마음은 청정한 모습 그대로이므로
항상 변함없고 요동이 없어
상(相)에 머묾 없는 본래 그 마음 그대로이다.

거울에 상(相)이 비친다고
거울에 비친 상(相)이 거울의 모습이 아니다.

거울에 상(相)이 비침은
거울이 항상 티 없이 맑고 깨끗하기 때문이다.

마음은 거울과 같으니
거울에 비친 상(相)이 거울이 아님을 깨달으면
마음은 언제나 무엇에도 물듦 없는
청정한 그 모습 그대로임을 깨닫게 된다.

마음 거울에 비친
상(相)에도 물듦 없는 그 마음을 일컬어
청정한 본심이라고 하며
물듦 없는 그 마음의 작용을 일컬어
자재(自在)라고 한다.

자재(自在)는
마음이 항상 물듦 없고
때 묻음 없는 청정한 그 마음을 일컫는다.

**자재(自在)는
곧, 마음 그 자체이다.**

# 9. 자성(自性)

자성(自性)은
자(自)의 성품이다.

자(自)는
3종(三種)의 자(自)가 있으니
체(體)와 상(相)과 용(用)의 자(自)이다.

자(自)를 일컬음에는
어느 자(自)를 일컬음인가를 알아야 한다.

**체(體)의 자(自)는 본성(本性)을 일컬으며**
**상(相)의 자(自)는 모습의 성품을 일컬으며**
**용(用)의 자(自)는 작용의 성품을 일컬음이다.**

그러나
체(體)를 벗어난 상(相)과 용(用)이 없으며
상(相)이 체(體)와 용(用)을 벗어난 것이 아니며
용(用)이 체(體)와 상(相)을 벗어난 것이 아니다.

그러므로

체(體), 상(相), 용(用)은
서로 따로 떨어져 존재하는 것이 아니며
또한 서로 다른 것이 아니다.

단지, 상(相)이 있으니
그 근본을 체(體)라고 하며,
상(相)이 머물러 고정된 것이 아니라
머묾 없는 작용이 있으므로 용(用)이라고 한다.

또한,
체(體)가 인연한 상황의 작용에 따라
무량 무한 만물 만상의 차별상이 있으므로
체(體)와 상(相)과 용(用)을 분별하기도 한다.

상(相)에 따라 작용이 다르고
작용에 따라 상(相)의 차별상이 벌어지며
상(相)과 작용이 무량 무한 차별이어도
또한, 그 근본이 차별 없는 한 성품이니
체(體)로써 차별 없는 근본을 일깨우기도 한다.

우리의 감각기능으로 인식하는 것은
상(相)이다.

감각기능으로
상(相)이 변화하는 작용을 인식하지는 못한다.

상(相)이 변화하는 작용을 보는 것 같아도
변화하는 그 모습은
상(相)의 작용을 보는 것이 아니라
변화한 상(相)을 인식하는 것이다.

감각기능은
상(相)을 인식할 뿐
체(體)와 용(用)은 인식할 수가 없다.

왜냐면,
인식은 모습인 상(相)이 형성되어야만
인식할 수가 있기 때문이다.

만약,
상(相)이 아닌 체(體)와 용(用)을 깨달으려면
상(相)을 벗어나 체(體)와 용(用)을 깨닫는
초월 지혜의 각성작용이 있어야 한다.

**체(體)의 자(自)는 무생(無生)이며**
**상(相)의 자(自)는 무상(無相)이며**
**용(用)의 자(自)는 무주(無住)이다.**

체(體)의 자성(自性)은 무생성(無生性)이며
상(相)의 자성(自性)은 무상성(無相性)이며
용(用)의 자성(自性)은 무주성(無住性)이다.

체(體), 상(相), 용(用)의 자성(自性)이
무자성(無自性)이므로,
무자성(無自性)이
곧, 체상용(體相用)의 자성(自性)이다.

그러므로
체상용(體相用)의 자성(自性)이 공(空)이며
무자성(無自性) 공(空)의 성품에는
체상용(體相用)이 없다.

이것이
체상용(體相用)의 실제(實際) 실성(實性)이다.

그러나,
인식하는 감각의 세계에는
불은 뜨겁고, 얼음은 차가우며
여름은 덥고, 겨울은 추우며
소금의 맛은 짜고, 설탕의 맛은 달며
산은 위로 솟았고 바다는 평평하며
새는 하늘을 날고, 물고기는 물에서 삶이 달라
각각 형형색색 다른 차별의 특성을 일러
또한, 자성(自性)이라 하니
이, 자성(自性)은
유위(有爲)의 차별 자성(自性)이니
현상의 차별특성을 일컬음이다.

그러므로
자(自)가 성품이면
자성(自性)이 무자성(無自性)이며,
자(自)가 차별의 상(相)이면
성(性)은 성품이 아닌 특성,
상성(相性)인 그 차별 성질을 일컬음이다.

자성(自性)이 무자성(無自性)인 실상은
천차만별이 차별 없는 그 성품을 드러내며,
만법 만상이 서로 같지 않은 차별성을 드러내는
상성(相性)인 차별의 자성(自性)은
인연과(因緣果)의 차별특성을 일컬음이다.

그러나
차별과 차별 없음이 불이(不二)이니
그러므로 차별 없는 속에 일체 차별을 드러내며
만법 만상이 불이(不二) 속에
차별 없는 묘용(妙用)의 작용이 일어난다.

천차만별의 차별 속에
일체가 차별 없는 성품을 깨달으면
일체가 공(空)하여
체상용(體相用)이 차별 없는
자성(自性)이 무자성(無自性)인
청정성품을 깨닫는다.

그러면
체상용(體相用)이 공(空)한
불가사의 무자성(無自性) 실상세계에 들어
일체 차별이 그대로 차별 없는
평등한 성품의 지혜에 들게 된다.

**이것이**
**일체 자성(自性)이**
**무자성(無自性)인 세계에 든**
**일체가 차별 없는 깨달음의 지혜이다.**

이에 들면
일체 무량 차별을 논하고 이야기를 해도
그것은 차별 없는 무자성(無自性) 세계일 뿐
차별됨을 분별하며 논하는
일체 차별의 상견(相見)이 아니다.

차별 속에
일체가 차별 없는 성품에 들어야
차별도 벗어나고
차별 없음도 벗어나
일체 차별 없는 자성(自性)인
무자성(無自性) 본성의 마음을 쓰게 된다.

자성(自性)이
무자성(無自性)임은

논리가 아닌, 바로 자기 마음의 성품이다.

자성(自性)이
무자성(無自性)인 그 마음이
생사 없고, 때 묻음 없는 청정한 마음인
곧, 자기의 본성(本性)이다.

# 10. 생명

생명은
태어남도 죽음도 없는 성품이다.

생명은
모든 만물과 존재의 근원이다.

생명작용으로
모든 만물 존재가 생성하므로
일체 현상은 인연을 따라 차별이 있어도
존재의 근원인 생명은 차별이 없다.

마음의 근원도 생명이며
마음작용 그 일체가 생명의 작용이다.

생명은
생멸과 생사가 없는 성품으로
우주의 근원이며
만물의 근본이며
마음의 실체이며, 일체 존재의 근원이다.

모든 존재 만물은
생명의 섭리를 따라 생겨나고 변화하며
소멸하는, 현상계 운행 섭리의 삶이 있으니
이 모두가 생명섭리의 운행이다.

생명 성품이 작용의 인연에 따라
이름함이 다르니
우주조화의 근본임을 일컬을 때는 천성이라 하며
생명체의 생명작용을 할 때는 생명이라고 하며
존재의 근원임을 말할 때는 본성이라고 하며
마음작용을 할 때는 마음이라고 한다.

**천성(天性), 생명, 본성, 마음이 한 성품이니**
**작용과 인연을 따라 단지, 이름함이 다를 뿐**
**그 성품은 차별이 없다.**

깨달음을 얻으면
천성과 생명과 본성과 마음이 차별 없음을
깨닫게 된다.

깨달음은
자신의 생명이며, 마음이며, 본성이
곧, 천성이며, 우주 근본이며, 만물의 근원임을
깨닫게 된다.

생명 성품은 불가사의하며

정신의 지혜가 상승하여 깨달음을 얻으면
생명의 실상과 존재의 실상과 우주조화의 실상을
깨닫게 된다.

보고, 듣고, 말하는 일체가
생명 성품의 작용이니
생명의 실상을 깨닫게 되므로
자기의 실상과 만물의 본성과 우주조화의 실체인
천성(天性)을 깨닫게 된다.

생명의 성품은 생멸과 생사가 없어
나이도 없고, 늙음도 없다.

나이가 들어
육체는 생멸 현상의 섭리를 따라 늙어가도
마음은 늙지 않는 까닭은
생명은 생멸과 생사가 없는 성품이므로
항상 변함이 없어 늙음이 없다.

깨달으면
생사를 벗어나는 까닭이
깨달음으로 이 육체가 나 아님을 깨달으며
생사 없는 생명 성품인 우주의 만물의 본성이
곧, 마음의 실체이며
생사 없는 자신의 성품임을 깨닫기 때문이다.

보고 듣는
그 작용은 생멸의 변화가 있어도
보고 듣는 그 마음 본성은 생멸의 변화가 없어
청정한 성품 그대로 무엇에도 물듦 없이
항상 그대로다.

그러므로
태어난 육체는 시간의 흐름을 따라 변화하여도
마음은 시간과 세월의 흐름에도 변함이 없어
처음부터 맑고 깨끗한 그 성품 그대로
항상 무엇에도 물듦 없이 청정하다.

마음 본성이 생명이며
생명의 성품이 곧, 하늘의 천성이니
마음 본성인 생명의 성품이
우주 모든 만물조화의 근본이다.

모든 존재는 그 본성이 다름없는
한 성품이니
한 성품을 깨달으면
일체가 둘 없는 불이성(不二性)임을
깨닫게 된다.

깨달음을 얻으므로
본래 둘 없는 그 성품의 지혜를 얻게 되며
그 지혜로 세상을 삶이

너 나 분별없는
한마음 깨달음의 밝은 지혜작용을 하게 된다.

그 마음이 깨달음의 마음이며
그 지혜가 둘 없는 깨달음의 지혜이며
그 성품에 듦이 깨달음의 세계이다.

깨달음의 세계는
삼라만상 일체가 둘 없는 성품의 세계인
존재의 실상세계에 듦이다.

**깨달음을 얻으므로**
**천성과 생명과 마음과 본성이 하나인**
**일체가 둘 없는 성품에 들게 된다.**

이것이
분별없는 밝은 지혜의 세계이다.

깨우치면
일체가 둘 없는 마음의 지혜를 쓰게 되고
자신의 본성인 실상을 깨닫지 못하면
모두가 청정 성품인 한 성품임을 깨닫지 못해
일체가 분리된 자타의 분별심 속에
차별된 마음으로 삶을 살게 된다.

분별심은 한 성품 마음이

천 조각, 만 조각으로 생각이 부서지며
모두가 한 성품임을 깨달으면
천, 만, 억으로 산산이 부서진 분별심이 사라져
생명과 마음 본성이 둘 없는 그 마음
한 성품 밝은 지혜의 작용을 하게 된다.

깨달음은
본래 둘 없음에 밝게 눈뜸이니
지혜의 눈을 뜨면
일체 분별이 오직, 한 성품임을 깨닫지 못한
분별이었음을 깨닫게 된다.

**분별없는
그 한 성품 마음을 씀이
곧, 깨달음에 의한 밝은 지혜의 작용이다.**

깨달음의 마음은
분별없는 한 성품, 자기 본성의 마음을
바로 씀이다.

이것이
생명 실상의 지혜이다.

이것이
둘 없는 성품, 하늘과 우주의 마음인
곧, 천성(天性)이다.

# 11. 불이(不二)

불이(不二)는
이(二)가 없음이다.

불이(不二)는
실상(實相)이며
자성(自性)을 일컫는 말이다.

불이(不二)의 이(二)는
분별하는 일체 차별을 일컬음이다.

이(二)는
대상(對相)이며, 존재이니
이와 저, 이것과 저것
모든 차별의 모습을 일컬음이다.

이(二)에는
색(色)과 심(心)의 세계가 있으니
색(色)은 색성향미촉법(色聲香味觸法)의 일체며
심(心)은 수상행식(受想行識)의 일체이다.

색(色)의 이(二)는 물질 현상세계의 일체이며
심(心)의 이(二)는 분별 상념의 일체이다.

불이(不二)는
현상세계의 일체와 마음 분별의 일체가
없음이다.

현상의 차별 없는 성품이 불이성(不二性)이며
마음이 분별없는 성품이 불이심(不二心)이다.

불이(不二)에는
불이성(不二性)과 불이심(不二心)이 차별 없다.

왜냐면
마음이 성품이며, 성품이 마음이기 때문이다.

그러나
만법을 드러내는 자성을 일컬으니
불이성(不二性)이라고 하며
만법과 더불어 작용하는 자재의 마음이니
불이심(不二心)이라고 한다.

불이성(不二性)은 본성이며
불이심(不二心)은 본심이나
불이성(不二性)과 불이심(不二心)이 한 성품이다.

성품을 일컬으니 불이성(不二性)이라고 하며
본성의 마음이니 불이심(不二心)이라고 한다.

불이(不二)는
일체의 근본이며, 일체 차별의 자성이니
묘(妙)의 작용을 따라 불이(不二)를 드러냄은
체(體)와 상(相)이 다름없고 차별 없는
공성(空性)이기 때문이다.

불이(不二)는
곧, 자성(自性)이 공(空)함을 일컬음이다.

공(空)은
곧, 불이(不二)이다.

이는
모든 현상과 마음의 실상(實相)인
참모습이다.

# 12. 수행의 황금비율

황금비율의
비밀과 신비로움은
순수 심리적 자연 반응현상의 안정적 조화에
기초함이다.

**황금비율은**
**가장 안정적 순수 심리상태의 조화를 이루어**
**최상 아름다움의 순수 가치의 세계이다.**

그러므로
황금비율을 벗어나면
왠지 모르게 자연 심리적으로 완전한
안정적 조화가 어긋나는
자연 반응현상의 심리반응을 느끼게 되며
자연 순수 심리적 안정의 균형과
자연 심리 조화의 만족도가 어긋나므로
자연 심리적 안정과 만족의 아름다움을 느끼는
균형과 조화의 가치를 상실하게 된다.

순수 이성과 지성이 조화를 이루어

절대 안정과 균형과 조화로움의 아름다움을
인식하는 것은
순수 우주 자연적 조화의 균형과 맞닿음은
순수 마음의 절대 안정은 인위(人爲)가 아닌
순수 자연 심리에 상응한 조화로움의
절대 안정인 절대 균형적 감각의 조화로움이기
때문이다.

**황금비율의 비밀은**
**자연 순수 심리적 절대 안정과 조화의**
**아름다움에 기초하고 있다.**

이 자연 순수 심리적 반응현상을 기초하여
수학적으로 그것을 수치화하여 밝힌 것이
황금비율이다.

황금비율은
가장 안정감과 조화와 아름다움을 지닌
순수 조화의 아름다움인 이상적 상태이다.

그럼
수행에도 황금비율이 있을까?

수행에도
완전한 황금비율이 있다.

수행의
완전한 황금비율은
불성(佛性)인 마음 본성(本性)의
정중(正中)이다.

황금비율, 수행의 도(道)가
마음이 물듦 없는 중도(中道)이다.

본성(本性)의 정중(正中)을 벗어나면
마음의 황금비율이 어긋나므로
순수 본연의 자연 심리적 안정과 조화를 잃어,
물듦 없는 순수 마음 정중(正中)인
본성(本性)의 완전한 안정성이 파괴되므로
완전한 절대 성품의 안정인
불가사의 절대성 황금비율을 벗어나게 된다.

그럼
황금비율 본성(本性)의 정중(正中)은
어떤 가치와 공덕을 지니고 있는가?

정혜불이성(定慧不二性)이며
열반(涅槃)과 보리(菩提)의
불이원융(不二圓融) 청정성품이다.

황금비율의 행(行)인
청정무염행(淸淨無染行)이 있으니

일행(一行)에
청정본성(淸淨本性) 무염정중(無染正中)의
중도행(中道行)으로
정(定)과 혜(慧)가 둘이 아닌
무염청정일심행(無染淸淨一心行)이다.

몸은
청정신(淸淨身)이며

행은
무주행(無住行)이며

견(見)은
중도원성(中道圓性)이며

지혜는
청정일심무염지(淸淨一心無染智)이다.

황금비율 정중(正中)은
무염청정본성조화(無染淸淨本性造化)의
세계이다.

이는
본성(本性) 정중(正中)
불이일성계(不二一性界)이다.

황금비율은
무염심(無染心)이 두루 밝은
청정본성(淸淨本性) 정중(正中)인
일체청정(一切淸淨) 불이심(不二心)이다.

수행의
황금비율(黃金比率)은
일체(一切) 존재의 청정본성(淸淨本性)
정중(正中)인
무염불이청정무애성(無染不二淸淨無礙性)이며,
일체(一切) 정(靜)과 동(動)을 벗어버린
본연일심(本然一心)이다.

# 13. 무문관(無門關)

무문관(無門關)은
깨달음을 위해 문을 잠그고
출입을 통제하며
일정한 기간 깨달음을 위해 수행하는
수행처가 무문관이다.

마음은 형체가 없으니
문을 닫고
자물통으로 문을 잠그며
출입을 통제한다 하여
잠그진 문밖을 못 나오는 것이 아니다.

단지,
스스로 그만한 결심과 각오로
깨달음을 위해 매진하겠다는 자신의 다짐이며
죽음을 불사한 각오의 용맹정진이다.

그것도,
한편으로는 단지, 몸의 구속이며
바람처럼 허공처럼 자유자재한 마음을
정작, 통제하거나 가둘 수는 없다.

몸을, 구속한다고
마음을 구속하는 것은 아니며
잠금장치를 천 개를 하여도
자유자재로 마음은 걸림이 없어
천 개의 잠금장치로도 마음을 가두거나
통제할 방법이 없다.

오죽하면,
마음을 어찌할 수 없어
몸을 가두어 마음의 요동을 다스리려 할까?

마음을 통제하고자 하나
자유자재한 마음을 원초적으로 가둘 방법은
없다.

살아서 뿐만 아니라
죽어도 마음은 통제할 수가 없다.

마음은 생사를 초월한 것이므로
생(生)이거나, 사(死)이거나,
마음의 움직임을 멈출 수가 없다.

본래,
걸림 없어 청정하고 원융무애한 마음을
멈추겠다는 그 발상이 잘못된 것이다.

마음이
움직이기 때문에 문제가 되는 것이 아니라
바람직하게 움직이지를 않기 때문일 뿐
마음이 청정한 자유자재가 잘못된 것이 아니다.

해탈은 가두는 것이 아니라
걸림 없는 것이니
걸림 없는 그 마음 그대로 걸림 없이
쓰면 되는 것이다.

말은 쉬우나
말처럼 그렇게 되는 것이 아니다.

왜냐면
보고 듣는 것 일체가 다 걸림이기 때문이다.

그러므로,
마음 하나 다스리고자, 무문관에 들어
몸의 출입을 통제하여 자물통을 잠그며
몸뚱이라도 못 나오도록 하는 것이다.

그러나,
무문관에 들어가도
얼마 되지 않은 수행 기간이 끝나면
자물통을 개방하여 몸을 가둠이 끝나고
해제가 되어 무문관을 나오게 된다.

무문관 수행에서 깨달았으면
몸도 해방이고, 마음도 해방이겠으나
깨닫지 못하였으면
자물통을 열고 나온다 하여 해방이 아니다.

깨달음을 얻지 못하였다면
몸이 무문관을 나와 동서남북 돌아다녀도
아직 무문관의 문을 열고 나오지 못했다.

무문관(無門關)은
문 없는 곳에 지혜의 빗장을 걸어놓은
경계의 말이니
문 없는 빗장을 열지 못하고
무문관을 나와 동서남북을 바람처럼 다녀도
천지 동서남북이 그대로 무문관임을
깨닫지 못하고 있다.

태어나므로 갇혀
죽어도 나갈 수 있는 곳이니
문이 없어 자물통을 걸어 잠그지 않았어도
보고, 듣는 자가 그대로 있으니
하늘 땅, 동서남북이 그대로 무문관(無門關)이다.

몸 하나 밀어 넣을
작은 무문관은 눈에 들어와도
천지 동서남북을 다 들여놓아도 비좁지 않은

이것이 무문관(無門關)임을 깨달아야
생사의 얽매임을 벗어나
빗장 없는 천지 시방을 타파하여
무문관을 나올 수가 있다.

하늘 허공이
아무리 넓다고 해도
마음 하나 다 담지를 못하며

천지 시방과
온 우주가 이 마음 하나를 가두고자 하여도
천지도, 시방도 그 마음 하나 묶어
가둘 방법이 없다.

얽매인 중생이어도
해탈한 부처이어도
아직 시방을 벗어나지 못했으니

바람이 불고 그침이
둘 다 허물임을
아직 명료히 깨닫지 못했기 때문이다.

해는 동쪽에서 떠오르는데
달은 서쪽으로 기우는구나.

# 14. 여래5안(如來五眼)

여래5안(如來五眼)은
여래가 가진 다섯 종류의 눈이다.

다섯 종류의 눈은
육안(肉眼), 천안(天眼), 혜안(慧眼),
법안(法眼), 불안(佛眼)이다.

육안(肉眼)은, 육체의 눈이며
천안, 혜안, 법안, 불안은 지혜의 눈이다.

천안(天眼)은, 모든 우주와 만물 만상과
눈에 보이지 않는 생명세계 모든 차원을 다 보는
지혜의 눈이다.

혜안(慧眼)은, 모든 현상의 실상을 보는
지혜의 눈이다.

법안(法眼)은, 본성의 눈이니,
일체 만물 만상과 만 생명이 한 성품인
일체 평등 본 성품 지혜인 보리(菩提)의 눈이다.

불안(佛眼)은, 초월 지극한 자비심
무한 중생구제의 끝없는 마음, 사랑과 지혜가
충만한 대비무한(大悲無限) 부모의 눈이다.

나는
이 여래의 다섯 종류의 5안을 생각하며
나도 그중에 하나라도 가졌으면 좋겠다는
생각을 하게 되었다.

지혜의 눈은 수행을 통해 이루는 것이니
욕심으로 되는 것이 아니다.

나에게도 육체의 눈이 있으나
어찌 여래의 지혜와 자비를 담은 그 깊이를
따를 수 있으랴!

나의 부족함을 다스리다 보면
나의 눈도 여래의 한 모습을 닮아가는
모습이 있으리라 생각하며
육안(肉眼)이라도 닮아가기를 마음에 담아 살며
항상 나의 부족함을 일깨우고 있다.

무엇이든, 바람직한 가치가 있고
내가 뜻하는 승화의 길이면
그것을 가슴에 담아, 끝없는 상승을 도모하고
매 순간 정신을 새롭게 다잡으며

의지와 뜻을 놓지 않고 자신을 이끌어야 한다.

무엇이든,
가치 있는 자신의 무한 창조에는
쉬운 마음으로 노력 없이 되는 것이 아니다.

나의 욕구와 이끌림을 절제하며
더 나은 가치가 절실한 이상세계로 나를 이끌고
현재의 내 모습에 머물러 탐착하지 않으며
무한 승화의 뜻과 정신을 놓지 않고
그렇게 머묾 없이 가야 한다.

머무름이란, 멈춤이며
멈춤은, 나 자신 승화의 날개를 접는 것이다.

**나 자신을**
**절제 속에 초연하게 하는 것도**
**머묾 없는 승화의 정신 한 부분이기도 하다.**

의식의 껍질을 깨고, 이상의 날개를 펴며
저 무수차원의 중심, 광명 일 점에 들기 위해서는
삶을 바라보는 눈빛이 달라야 하며
세상과 자신을 보는 눈길도 달라야 하며
무엇에 이끌리어 멈추는 의식도 달라야 한다.

멈추어 있어도 머물지 않으며

멈추지 않아도 지향의 초점을 잃지 않으며
고요히 있어도 항상 의식이 깨어있는
생명이 되도록 노력할 뿐이다.

이, 하나의 장이 넘어가고
또, 한 차원의 장이 넘어가는 이음 속에
의식은 껍질을 벗고 새로운 정신이 승화하며
정신은 차원을 넘어 궁극을 향하고
무한을 향해 머묾 없는 그 속에 나는 끝없이
새로운 생명으로 창조될 것이다.

나의
멈춤 없는 우주 광명의 생명 길
끝없는 창조가 승화한 그 광명의 중심이
5안(五眼)이 완전함을 넘어 충만한
그 결정체이리라.

# 15. 꽃 한 송이

의식의 어둠
무명(無明)을 벗고자
의식의 승화를 도모하며
일념을 다스리고
무한 열린 궁극을 향해 정신을 갈무리며
시간과 세월을 쌓다 보면

의식이 맑게 정제되고
일념이 오롯하며
사념과 분별의 티끌이 사라지고
맑은 정신이 솟구치며
무한 열린 마음의 평정에 들게 된다.

의식의 승화는 무한 세계로 향하며
정신의 밝음은 일체 분별의 세계를 초월하고
모든 사념(思念)의 층을 뚫어
일체 정념(情念)의 세계를 벗어나게 된다.

모든 현상과 사물이
환(幻)과 같이 사라지며

내 몸과 의식도 절정을 향한 불꽃에 사라져
초연이 무엇에도 물듦 없는
무한 절대 청정한 세계에 이르니
일체가 꿈이며
일체가 환(幻)이다.

어디를 보아도 걸림이 없고
두루 막힘이 없는 초월의 세계에 이르니
일체 시(時)와 공(空)이 끊어져
일체 존재가 무상(無相)이다.

처음도 없고 끝도 없는
우주의 본처(本處) 근본에 이르니
내가 이 우주며
천지 우주 만물이 차별 없는
한 성품, 한 생명이다.

꿈과 같고 환(幻)과 같은
환영(幻影)에 끌려
끝없는 무진 허공을 헤매었고
우주와 천지 만물 속 생명으로 흘러들어
만물이 뿌리내린 흙의 생명이 되어
춘하추동 세월 흐름의 비바람을 맞으며
일각(一刻) 생명의 삶을 살았다.

산천에 꽃이 피니

그것이 내 모습이며
허공이 두루 열려 무한에 이르니
그 또한 내 모습이며
맑은 물이 흘러 큰 바다를 이루니
그 또한 내 모습이다.

천지 만물이 한 생명이며
동서남북이 내 마음이며
무한 열린 우주 그대로 내 모습이다.

따뜻한 봄날
발길 없는 들에 피어난 꽃 한 송이에도
내 모습이 고스란히 그대로
녹아 있다.

# 16. 바람의 춤

혼(魂)의 삶이
바람의 춤과 같다.

생명의 꽃
혼(魂)은
천 년 사랑을 찾아 무한 시방 허공을 헤매는
바람이며

꿈을 찾아
혼(魂)의 열정을 다하는 바람이며

가슴에 아픔이 있어
그 아픔 어찌할 바를 몰라
동서남북 허공에 질풍노도 바람의 춤을 추며

법열(法悅)이 가슴 가득 충만하여
온 천지 생명을 소생하게 하는 봄바람이 되어
생명의 산과 들에 꽃이 만발하게 하며

생명 생명이 가진 아픔들이 가슴 깊이 스미어

스산한 소슬바람이 되어 흐르며

생명 생명의 마음에 기쁨이 피어나고
사랑과 행복이 가득한 눈빛에
그 기쁨 더불어 행복해 산들바람이 되어
하늘에 뭉게구름이 흐르며

못난 마음 버리지 못하고
남에게 아픔과 상처를 주는 생명을 보며
그 생명 다스리고자 추운 겨울 칼바람이 되어
살갗을 에이도록 무섭게 질타하며

생명 생명의 아픔과 상처가
풀잎에도 흙에도 맑은 물에도
허공에도 묻어 있어
온 천지가 아픔과 상처가 스미어 물이 들어
태풍이 되어 비와 바람으로 씻어주는
우주의 혼(魂)이 되어
바람의 춤을 춘다.

혼(魂)이
고요의 정(靜)일 때는
그 자취를 찾을 수 없으나

혼(魂)의 감각이 깨어나
동서남북으로 열리어 사방을 밝게 분별할 때는

실바람이 되어
생명의 살갗에 스치고

봄바람이 되어
만물이 동(動)하는 생기를 찾게 하며

허공의 바람이 되어
자유로운 혼(魂) 춤을 추기도 한다.

바람의 춤은
사람 인연의 세상에도
산천 풀잎 만물의 세상에도
텅 빈 무한 허공의 비밀장(秘密藏) 세계에도
동(動)과 정(靜)의 바람으로
무한 충만하다.

# 17. 혼(魂) 열림

혼(魂) 열림은
사념(思念)이 피어난
사념화(思念華)의 활짝 핀 꽃잎들을
의지의 명료한 깊은 정신으로
한 잎 한 잎 접으며

사념화(思念華)의
생명 중심을 향해 한 잎 한 잎의 꽃잎들을
몰입하게 한다.

사념(思念)이 피어난
사념화(思念華)의 활짝 핀 꽃잎들을
하나하나 모두 접어
마지막 한 잎새까지 접어

사념화(思念華)의 생명 중심 끌림을 향해
순응하여 흘러든다.

사념화(思念華)의 생명 중심에 흘러들면
그곳이

무한 우주의 중심이니
무한 광명이 온 우주 텅 빔 속에 충만으로
그 광명이 시방 우주 무한세계에 충만한
사념화(思念華)의 생명이다.

**광명삼매(光明三昧)**
**우주 중심에서 한 빛줄기 솟아올라**
**솟구치니**
**사념화(思念華)의 씨방이다.**

사념화(思念華)의 씨방 줄기를 따라
광명의 빛이 솟구치니
사념화(思念華)의 꽃잎 하나하나가 펼쳐져
사방 산천과 시방 우주로 펼쳐지니
사념화(思念華)의 꽃잎 하나하나가 촉각하고
보고 듣고 감각하며 생각하는
신비 우주의 생명 사념화(思念華)가 되어
우주 생명의 삶이 펼쳐진다.

옛
사념화(思念華)는
우주 생명과 하나인
우주 생명의 꽃으로 소생하지 못하여

사념화(思念華)의
크기와 색깔이 궁핍하여 피어나지 못해

미성숙하여 작고 어두우며

꽃잎의 촉각과 감각이 몸을 벗어나지 못해
몸의 촉각과 감각에만 의지하므로
촉각과 감각이 몸을 벗어나
원융 시방으로 두루 펼쳐지지 못하여
촉각과 감각이 몸에 응축되어 있다.

혼(魂)이 열리어
혼(魂)의 촉각과 감각이
몸의 촉각과 감각을 벗어나 시방으로 펼쳐지면

시방 우주가
한 생명이 피어난 꽃이니
사념화(思念華) 꽃잎의 촉각과 감각이
몸의 촉각과 감각을 벗어나
원융 시방 우주의 촉각과 감각으로 진화하며
승화하게 된다.

혼(魂)이
승화하여 열린 사념화(思念華)는
시방 우주가
그대로 사념화(思念華)의 꽃잎인
생명 신비의 세계가 되어

아름답고 심오한
사념화(思念華)의 신비한 빛깔의 꽃잎이
우주의 무한 승화 총지(總持)의 꽃인
길상화(吉祥華)가 된다.

혼(魂)의
무한 열림 속에
시방 우주를 담아 피어난 우주의 꽃이
시방 두루 밝게 깨어있는 혼(魂)이 무한 열린
생명 승화의 사념화(思念華)이다.

# 18. 바람에 우는 가야금

정(靜)과 동(動)은
한 몸이다.

정(靜)을 동(動)이 깨우고
정(靜)은 동(動)을 쉬게 하니

동(動)이 쉬면
정(靜)이 되며

정(靜)이 깨어나면
동(動)이 된다.

정(靜)과 동(動)은
한 몸일 뿐

정(靜)을 떠난 동(動)이 없고
동(動)을 벗어난 정(靜)이 없다.

정(靜)에서 일어나면
동(動)이고

동(動)이 쉬면
정(靜)이니

정(靜)과 동(動)이 융화되어
정(靜)도 깨어있고 동(動)도 살아 있으니

정(靜)의 가치에는 동(動)이 수반하고
동(動)의 가치에는 정(靜)이 수반한다.

그러나
정(靜)과 동(動)이 조화를 이루지 못하면
동(動)이 정(靜)의 맥(脈)을 끊고
정(靜)이 동(動)의 맥(脈)을 끊으니,

정(靜)과 동(動)의 어우름 융화의 승화가
정(靜)과 동(動)을 더불어 깨어있게 살린다.

그러므로
정(靜)이어도 동(動)의 숨결이며
동(動)이어도 정(靜)의 숨결이니

정(靜)과 동(動)이 혼연일체가 되어
만물이 드러나고 숨는 조화가 무한하며
생명 호흡의 숨결이 고르고
맥박 어우름의 조화가 무궁하다.

바람이 불어
천 년을 잠자는 가야금 혼을 깨우니

누가 연주하지 않아도
스스로 울어 소리를 내고
산과 바다, 물과 불을 연주하고

허공을 연주하며
밝은 해와 아름다운 달을 노래한다.

바람에 우는 가야금 소리가
개울물을 따라 바다에 이르고

무한 허공장(虛空藏)을 바라보며
해와 달의 연주를 넘어 별빛 은하를 노래하고

생사 삶의 연주 속에
아름다운 사랑의 노래를 연주하며

바람에 우는 가야금 소리가
온 생명세상
가슴 가슴마다 생명을 연주하는 노래가
무한 장엄세계를 이룬다.

바람을 따라
고뇌와 아픔을 연주하기도 하고
아름다운 사랑을 연주하기도 하고
인생무상을 연주하기도 하고
아름답고 웅장한 영웅의 삶을 연주하기도 한다.

그러나 바람이 불어도
울지 않는 가야금이 있으니
그 이름이
무영금(無影琴)이다.

무영금(無影琴) 소리는
삼세(三世) 그림자 없는 해와 달만이
그 소리를 들을 수 있다.

# 19. 기도

시방
원융광명천(圓融光明天)
무한광명 청정원융
무상무애(無上無礙) 존명(尊明)이시여!

지극한
무한자비 일념 향심(香心)으로 발원하오니
삶에 지친 모든 생명
무한 광명의 힘을 주옵시며

무명으로 미혹하여
소중한 인연에 아픔을 주고
상처받아 괴로워하는 모든 생명에게
마음 고통 없는 지혜의 눈을 뜨게 하시오며

몸이 온전하지 못하거나
병이 들어 삶의 고통을 받는 생명에게
불가사의 무한광명 원융공덕을 내리시어
씻은 듯이 온전하게 하옵시며

어리석은 욕심으로
마음에 사랑함이 부족한 생명이 되어
남에게 아픔과 괴로움을 주며
무명 습기를 벗어나지 못하는 생명에게
모두 한 생명임을 깨닫는 지혜를 열어 주시오며

생각함이 여리고 지혜가 부족하여
삶을 방황하며
어찌할 바를 몰라 삶이 초조해하는 생명에게
힘과 용기와 지혜를 주시어
삶의 기쁨과 행복의 길을 찾게 해 주옵시며

삶의 어려운 상황과 환경 속에
허덕이며
삶의 시련으로 괴로워하는 생명에게
무한광명의 밝은 지혜와 복덕의 길을 열어
삶의 기쁨과 살아 있음의 행복을 느끼게
해 주옵시며

지혜가 밝지 못해
자기의 부족함을 깨우치지 못하여
항상 어리석은 생각에 얽매여 있는 생명에게
밝은 광명의 지혜를 내리시어
자신의 어리석음을 벗어나게 하옵시며

삶의 괴로움과 고통을 벗어나고자

죽음을 생각하는 생명에게
생명 상생의 무한광명 밝음을 내리시어
고통과 괴로움을 벗어나
삶의 기쁨과 생명의 아름다움을 느끼게
해 주옵시며

시방 두루
무한광명 불가사의 무상존명(無上尊明)이시여!
청정원융 무상무애(無上無礙) 광명전에
일신무상(一身無上)
머리카락을 잘라 공양 올리오니

모두의 삶이
생명 승화로 혼(魂)의 기쁨과 행복이
가슴 가득 충만하며
어리석음 없는 밝은 마음과
사랑이 충만한 생명의 세상이기를
무한 자비 향심(香心)을
올리옵니다.

# 香 3

초판인쇄  2017년   6월  15일
초판발행  2017년   6월  25일

저    자  박명숙
펴 낸 이  소광호
펴 낸 곳  관음출판사

주    소  130-070 서울시 동대문구 용두동 751-14 광성빌딩 3층
전    화  02) 921-8434, 929-3470
팩    스  02) 929-3470
홈페이지  www.gubook.co.kr
E - mail  gubooks@naver.com

등    록  1993. 4.8 제1-1504호

정가  23,000원

# 완전한 지혜의 세계,

# 密밀이 세상에 나왔다!!

## 최상 깨달음 지혜 과정이
## 이보다 더 상세할 수는 없다.

5, 6, 7, 8, 9식(識) 전변 깨달음세계와

완전한 깨달음 6종각(六種覺)인

## 5각, 6각, 7각, 8각, 9각, 10각(十覺) 성불

과정의 경계와 지혜의 길을 상세히 완전히 밝혔다.

밀법 태장계와 금강계, 옴마니반메훔, 광명진언 등의

실상세계를 자세히 밝혔다.

박명숙(德慧林)저 / 밀1권 500쪽 / 밀2권 584쪽 / 정가 각 35,000원

# 삶의 순수 지혜와 승화된 이상의 진리가 책 4권에 있다.

순수정신이 열린 특유의 사유와 지혜로 삶의 순수 정신의 승화, 자연의 섭리와 순리, 만물의 흐르는 도(道), 궁극이 열린 천성(天性)의 심오한 섭리의 세계를 4권의 책 속에 고스란히 담았다.

### 『사유를 담은 가야금 1』
삶의 순수정신과 생명감각이 열린 특유의 감각과 빛깔을 가진 사유는 보편적 인간의 가치를 넘어선 아름다운 신선한 깨달음과 생명력을 갖게 한다.

### 『사유를 담은 가야금 2』
의식승화의 사유는 삶을 자각하는 지혜와 새로운 감각을 열어주며, 정신승화의 향기는 삶을 새롭게 발견하고 눈을 뜨는, 내면의 깊은 감명과 감동을 전한다.

### 『달빛 담은 가야금 1』
심오한 정신세계 다도예경과 다도5물, 다도5심, 천성 섭리의 이상(理想) 예와 도, 진리3대(眞理三大)와 도심5행(道心五行)의 섭리세계를 담았다.

### 『달빛 담은 가야금 2』
선(善)의 세계, 홍익의 섭리, 성인과 군자와 왕의 도, 만물의 섭리와 순리, 도와 덕과 심, 무위, 궁극이 열린 근본지, 성(性)의 세계 등을 담았다.

박명숙 저 / 신국변형판양장본 / 정가 각 20,000원

박명숙 저 / 신국변형판양장본 / 정가 각 23,000원